아버지의 구두

아버지의 구두

초판 1쇄 발행 2013년 9월 9일

지은이 양민주
펴낸이 강수걸
편집주간 전성욱
편집 권경옥 손수경 양아름 윤은미
디자인 권문경
펴낸곳 산지니
등록 2005년 2월 7일 제14-49호
주소 부산광역시 연제구 거제1동 1498-2 위너스빌딩 203호
전화 051-504-7070 | 팩스 051-507-7543
홈페이지 www.sanzinibook.com
전자우편 sanzini@sanzinibook.com
블로그 http://sanzinibook.tistory.com

ⓒ양민주, 2013
ISBN 978-89-6545-225-6 03810

아버지의 구두

양민주
수필집

산지니

상량을
그리다

아버지는 상량문을 쓰고 계셨다.
태극을 그리고 삼각을 그리고 龍과 龜 적으실 때
나는 잘려나간 동량을 굴리며 마차 놀이를 했다.
아버지의 붓 위로 마차는 달렸다.
손사래 치시는 아버지
조용히 용을 날려 보내고 거북을 방생하셨다.
적막한 공중, 햇살에 눌려 핏빛으로 영근 수수들
그 사이로 하얀 낮달은 잠을 잤다.
가슴 졸인 무아의 순간이 지나간 후 다시
가두어진 용이
움츠린 거북이
꿈틀거렸다.
목수들 서까래 다듬을 때 무릎 꿇은 아버지
무엇을 빌었을까?

광음으로 흘러내려 관 속에 누운 아버지,

거북처럼 고요하다.

그리움 용머리처럼 치뜨는 불,

찬바람이 뼛속까지 스며들며 운다.

높이 뜬 아버지의 상량,

하늘을 보고 살라는 뜻,

나는 용과 거북을 앞세워 아버지를 새긴다.

2013년 여름 신어산자락에서

양민주

차례

제1부

아버지의 구두

아버지의
구두

　　동생 테오의 경제적 도움을 받아 그림을 그렸던 빈센트 반 고흐의 '구두 한 켤레' 라는 그림을 보면 아버지가 그립다. 이생진 시인은 "이 구두는 고흐 자신인데, 한 짝은 생활고에 시달린 슬픈 얼굴이고 다른 한 짝은 고난을 극복한 후의 얼굴" 이라고 말했다. 그렇지만 한 사람의 무게와 인생의 굴곡을 고스란히 알고 있는 구두는 말이 없다.

　　아버지를 떠올리면 나도 모르게 눈가에 이슬이 맺힌다. 특별한 이유가 없는데도 그렇다. 새벽잠 없던 아버지는 꽃과 나무를 좋아하여 집안을 마치 아름다운 공원처럼 꾸몄다. 나도 아버지를 닮아서 그런지 아파트 베란다 한가득 야생화와 춘란을 기르고 있어 빨래를 널지 못해 불편해하는 아내에게 지청구를 듣곤 한다. 아버지가 지금 살아 계신다면 팔순 중반의 나이로 세상을 얼마든지 즐겁게 살 수도 있었을 텐데 하는 안타까운 생각이 든다. 아버지는 육순을 넘기지 못하고 세상을 떠났다. 새 구두 한 켤레를 남겨놓고……

아버지는 그 당시로서는 많이 배웠지만, 야윈 몸으로 장손 역할 한답시고 도회지 생활을 하는 대신 시골에서 물려받은 전답으로 농사를 지었다. 아버지의 동생 즉 나의 숙부는 부산에서 공직 생활을 하면서 넉넉하지는 않았지만, 그런대로 살았다. 아버지는 자식들의 등록금이나 농자금이 필요할 때는 동생을 찾아가 손을 벌리곤 하였는데 돌아오실 때마다 신발이 바뀌어 있었다. 아버지보다 덩치가 큰 동생이 신던 구두를 얻어 신고 왔다. 그것은 새것처럼 보였지만 조금 낡았고 당신의 발보다 족히 몇 센티는 더 큰 구두였다.

아버지는 그 당시 농사꾼이면 누구나 신던 흰 고무신이나 장화가 없었다. 식구가 많아 한 푼이라도 절약하기 위해 들로 산으로 또는 외출 시에도 한복에 어울리지 않게 검고 커다란 구두를 끌고 다녔다. 학의 다리처럼 가는 다리에 걸맞은 커다란 구두는 메마른 땅에서는 흙먼지를 일으키고 진땅에서는 자주 벗겨지곤 했다. 하루의 끝에서 구두를 벗고 구멍 난 양말에 묻은 흙먼지를 털며 거죽만 남은 발을 씻을 때에는 씻기지 않는 그늘이 묻어 있었다. 이런 처지도 모르고 주위 분들은 동생이 사준 최고급 구두를 매일 신고 다니는 행복한 신사라고 불렀다.

아버지가 돌아가시던 그해에 부산의 큰 병원에 잠시 입원을 하셨다. 당신이 먼저 돌아가신다는 사실을 예견하셨던지 시골집으로 내려가고 싶다는 말과 함께 자갈치시장에 한 번 데려다 달라고 하셨다. 집의 큰 형님은 추측으로 생선회가 잡숫고 싶어서 그러는가 보다 하고 자갈치시장에서 생선회를 대접하였으나, 정작 당신은 시장 주변에 촘촘히 들어서 있는 구둣가게 안으로 들어가 조용히 구두 한 켤레를 골라잡으셨다. 말씀은 하지 않았지만, 아버지는 새 구두가 신고 싶었고 자식들은 이를 미처 헤아리지 못하였던 것이었다. 검은 구두를 보면서 까마귀보다 못한 자식 된 도리를 부끄러워했다.

한겨울 찬바람에 앙상한 나뭇가지가 흔들리던 날, 내가 아버지의 편찮으신 몸을 부축하여 택시로 시골까지 모셔 가는 중에 신고 있는 새로 산 구두를 물끄러미 쳐다보시던 아버지의 모습은 지금도 잊히지 않는다. 고뇌에 찬 모습으로 무엇을 그리 생각하시는지 알지 못할 심연에 오롯이 갇힌 채 마른 낙엽처럼 굽어져 겸연스러웠다. 일순간 나도 모르게 울컥하여 차창 밖으로 고개를 돌렸다. 아버지는 시골에서 어머니의 간호를 받으시며 새로 산 신발을 신어 보지도 못한 채 한 달을 누워만 계시다 고이 눈을 감으셨다. 이제는 다정히 이름을 부르던 목소리도 들을 수 없게 되었다.

장례를 치르고 유품을 정리한 후에는 고흐의 구두 한 켤레와는 사뭇 다른 깨끗한 새 구두 한 켤레만 외로이 남았다. 왠지 모르게 아버지에게 선택되어 소임을 다하지 못해 더 슬퍼 보이는 구두, 그 좋아하던 단골 술집 이남댁 가는 길도 익히지 못한 구두, 아버지의 삶을 기록할 수 없었던 새 구두는 아버지의 몸무게나 제대로 읽었을까? 탈상하는 날 구두를 불태우며 처음으로 당신의 발에 맞는 새 구두를 신고 돌아오지 못할 먼 길을 떠나는 아버지의 뒷모습을 보았다. 고흐의 구두는 그림 속에서 말을 하고, 아버지의 새 구두는 나의 그리움 속에서 말을 한다.

삼세번의
프러포즈

붓다는 열반에 앞서 제자들에게 "붓다, 법, 무리, 도(道)의 실천에 관해 의심이나 의혹이 나는 부분이 있으면 질문하라."라고 세 번 반복해서 묻는다. 제자들이 묵묵부답하자 붓다는 마침내 마지막 말씀을 전한다. "여러 가지 사상(事象)은 지나가는 것이다. 그대들은 중단 없이 수행에 정진하라." 삼세번, 이는 어떤 기회를 주고자 할 때 쓰이는 말이다. 아내의 말을 한번 빌려보자.

노처녀 적의 일이다. 추수한 햇곡식을 신에게 드리는 시월 어느 날, 대학 은사님이 좋은 남자가 있으니 만나보고 시집을 가라고 하였다. 조명이 유난히도 아름다운 시내 커피숍에서 담담한 마음으로 그 남자를 만났다. 적정한 교육을 받은 중산층의 남자로 나이는 서른둘, 키는 보통사람보다 조금 크지만, 체격은 마른 편이었고 얼굴은 나이에 비해 어려 보였다. 그 남자는 수줍은 듯 계속 귓불을 만지작거리면서 어딘가 모르게 초조한 모습으로 입을 살짝 가리고는 이야기를 했다.

커피 한 잔씩을 나누면서 취미 생활에 관해 이야기하고 나서 썩 내키지 않아 일어서려는데 술을 한잔하자고 청한다. 예의에 어긋나지 않게 살짝 거절하였으나 틈이 보였던지 줄곧 청을 해온다. 그래서 옮긴 곳이 다락방처럼 꾸며져 있어 꽤 분위기가 있는 맥줏집이었다. 거기에서 그는 첫마디 말로 내가 좋다고 그랬다. 그는 고등학교 시절부터 줄곧 혼자 생활하였고 지금은 학교 사무직원으로 근무하고 있다고 했다. 그리고 맞선을 수없이 많이 보았으며 키가 크고 예쁜 여자가 좋다고 했다. 이로 미루어 볼 때 꾸밈없는 성격으로, 사랑에는 서툰 남자라는 것을 알 수 있었다. 대화를 나눌수록 성실하고 정직해 보였으며 그런 매무새가 친근하게 느껴졌다. 하지만 이상형은 아니었기에 별다른 말 없이 헤어졌다.

이틀 후 전화가 와 한 번만 만나자고 한다. 밑져야 본전이란 생각으로 그를 만나러 갔다. 그는 자그마한 꾸러미를 선물이라면서 내놓는다. 받기 싫다고 하였지만 억지로 주기에 하는 수 없이 받았다. 집에 와서 보니 다섯 권으로 된 소설책이다. 첫 권 책갈피 속에 삽화를 곁들여 사랑을 주제로 한 재미있는 글을 한 편 쓰고 마지막 부분에 "사랑합니다."라는 문구를 적어놓았다. 태어나 처음으로 한 남자한테 사랑한다는 글을 받고 보니 표현하기 어려울 정도로 기분이 묘했다. 두 번째 만남에서 나를 사랑한다고 하였으니, 내가 좋긴 좋은가 보다 하고 생각은 하면서도 마음의 문은 쉽게 열리지 않았다.

　다음 날 저녁에 또 전화가 왔다. 오는 일요일에 가까운 산으로 등산을 가자면서 아침에 산으로 오르는 길목에서 기다리겠다는 말을 남겼다. 그리고는 거절할 틈도 주지 않고 전화를 끊어버렸다. 토요일 밤 잠자리에 들 때까지 갈까 말까 망설이다가 등산을 좋아하면서 가까이 두고 한 번도 못 가본 산이기에 가기로 마음을 정했다.

　약속장소에서 만나 산을 오르는데 사람이 많이 다니지 않는 길을 택했기에 가파르고 매우 힘들었다. 하지만 만추의 날씨와 잡초 속에 조금씩 피어 있는 코스모스, 수줍게 자리를 잡고 벌을 맞이하는 이름 모를 들꽃, 군락을 이룬 새하얀 억새, 산마루터기 울긋불긋한 단풍이 매우 고왔다. 정상에 올라 코를 간질이는 향긋한 바람을 맞으며 주린 배를 채우고 나서 그는 내가 찍기 싫다는 사진 몇 장을 억지로 찍었다. 그리고 다시 자연과 동화되어 가을의 정취가 가득한 산에서 마음의 때를 씻어버리고 내려왔다.

　며칠 후, 이번에는 산행에서 찍은 사진을 전해주어야 한다는 구실로 만나자고 해서 사진을 건네받고는 아무런 약속 없이 머쓱하게 헤어졌다. 이후 몇 주가 지나 잊힐 때쯤 다시 만나자는 연락이 왔다. 이번엔 절대 만나지 않겠다고 말하기로 각오를 하고 해 질 녘 조용한 레스토랑에서 그를 만났다. 그 사람은 상의도 없이 비프스테이크와 맥주를 주문했다. 이러한 행동을 보면서 결심한 대로 "이젠 다시는 전화하지 마세요. 절대 만나지 않겠습니다." 하고 짧게 말하였다.

그러자 묵묵히 듣고만 있다가 맥주가 나오자 한 잔을 마시고는, 아닌 밤중에 홍두깨처럼 불쑥 "결혼합시다." 그런다. 이게 그의 첫 번째 청혼이다. 하도 어이가 없어 부엉이 눈으로 쳐다보면서 매몰차게 "싫어요!" 했다. 그래도 그 남자는 무표정으로 앉아 있었다. 미련퉁이 같기도 했지만, 꼭 결혼하고야 말겠다는 의지가 엿보이기도 했다. "그럼 술이나 한잔 합시다." 하면서 술을 권한다. 한 잔쯤이야 하는 기분으로 술을 마셨다.

잠깐의 침묵이 흐른 후 그 남자는 슬그머니 자리를 떴다. 잠시 화장실에 간 것으로 알고 있었는데 어느 겨를에 장미꽃을 한 아름사 와 나에게 내밀면서 다시 "결혼합시다." 그런다. 이게 두 번째 나온 결혼하자는 말이다. 나의 대답은 역시 "싫어요."다. "그럼 술이나 한 잔 더 합시다."하고는 술을 또 억지로 권한다. 나는 또 강권으로 술을 한잔하였고, 그 남자는 연거푸 석 잔을 마신 후 해 잡아먹을 듯한 붉은 눈빛으로 다시 "결혼합시다." 그런다. 이게 삼세번째 나온 프러포즈다.

그러고는 싫다는 말도 하기 전에 최후의 통첩인 양 "예, 라는 대답이 나오기 전에는 집에 보내드리지 않겠습니다."라고 단호하게 말을 했다. 나는 어안이 벙벙하여 집에 가려고 일어섰다. 그런데 정말로 앞을 가로막고 비켜주지 않는다. 고함을 치고 싶었지만, 용기가 나지 않아 다시 자리에 앉아 버텨보기로 했다.

시간은 계속 흘렀고 빈 술병은 늘어만 갔다. 열한 시 반이 넘어가자 마음이 초조해지고 뇌리는 혼란에 빠져들면서 지금까지 있었던 일들이 주마등처럼 스쳐 지나갔다. 결혼이라는 목표한 지점을 향해 최선의 열정을 쏟는 그 사람의 끈기와 용기에 조금씩 마음이 움직이기 시작했다. 집을 나올 때 했던, 다시는 만나지 않겠다는 결심이 시나브로 허물어지고 있음을 느꼈다. 주위엔 아무도 없고 조용하기만 하다. 열두 시를 넘기려는 순간에 급기야 나는 백기를 들고 말았다. 시골에 계신 어머님을 모셔와 한 번 만나 뵙도록 하자는 대답을 한 후에 한 아름의 장미꽃을 안고 집 앞까지 배웅을 받아 무사히 돌아올 수 있었다. 여기까지가 아내의 말이다.

삼세번, 이는 어떤 기회를 얻고자 할 때 쓰이는 말로 이 기회 덕분에 노총각 노처녀가 구제되었다. 가끔 우리는 서로 자기가 구제하였다고 다투지만, 붓다의 말씀인 부지불식간에 찾아온 인연(因緣)이었다고 나는 주장한다.

소

　사실인지는 모르지만, 눈이 크면 보이는 것 또한 크게 보여서 겁이 많다고 한다. 어릴 적 우리 집 감나무 밑에는 둥 그렇게 말린 뿔을 갖고 늘 큰 눈을 껌뻑거리며 쇠파리를 쫓느라 긴 꼬리로 등을 치는 순한 암소 한 마리가 묶여 있었다. 여름에는 감나무 잎 그늘에 누워서 되새김질하고, 겨울에는 살핏한 가지 사이로 드는 햇볕을 쬐며 비게질하다가 선 채로 맛도 없을 것 같은 마른 짚을 입 안에 넣고는 종일 우물거렸다.

　이 소가 젊었을 때는 새끼를 해마다 낳았으며 송아지가 젖을 떼고 나면 아버지는 어김없이 어미 소와 송아지를 몰고 읍내 우시장으로 갔다. 돌아올 적엔 상기된 얼굴의 아버지 손에는 항상 어미 소의 고삐만 잡혀 있었고 소의 얼굴에는 슬픈 눈물 자국이 크고 선명하게 나타나 있었음을 기억한다. 이렇듯 그 소는 슬픔과 품을 팔아 우리 집에 이로움을 주었다. 새끼를 몇 마리나 낳았는지는 모르나 이제는 둘치가 되었다고 어머니께서 말씀하신 걸 보면 오랫동안

우리 집에서 기른 소였음이 분명하였다.

　나는 소띠로 태어났다. 그래서인지는 몰라도 소가 그리 좋을 수가 없다. 가끔 말썽을 피우고 집에서 쫓겨나면 해가 지기를 기다렸다가 소가 묶여 있는 외양간으로 숨어들었다. 바싹 마른 보릿짚을 배에 깔고 누워 있는 소 옆에 가만히 다가가면 따뜻한 온기가 전해져 오면서 몸이 나른해져 졸음이 납덩이로 내리기도 했다. 밤이 이슥하도록 소와 같이 있다가 부모님의 화가 누그러질 즈음 방으로 슬며시 들어가면 부모님은 모른 척 말없이 넘어갔다. 소가 서 있을 때는 호기심에 가끔 배 밑으로 조심조심 들어가 젖을 가만히 만져도 그저 큰 눈알만 굴리고 더운 입김만 내뿜었다.

　마을에는 몹시 가난한 한두 집을 제외하곤 집집이 농사일에 빠질 수 없는 소를 한 마리 이상은 기르고 있었다. 하지만 요즈음에는 농사일에 부려먹기 위해 기르는 소는 찾기가 어렵다. 일소로 쓰기 위해서는 젖을 뗀 송아지 시기에 코뚜레를 꿰고 길을 들여야 하며, 이때 '이랴', '워워', '자랴', '어디로', '물러' 등을 가르친 다음에 실제로 밭에 나가 쟁기 끄는 법을 가르쳤다. 처음 한두 번만 앞에서 고삐를 잡고 끌어주면 논밭에서 쟁기를 끌고, 달구지를 이용하여 농작물을 운반하고, 갈아놓은 논바닥의 흙덩이를 써레로 부수어 평평하게 하는 일을 묵묵히 해내었다.

　소는 농번기인 봄가을에는 일을 부려야 하므로 아침저녁 수시로 꼴을 뜯어 주어야 했다. 한여름 농한기에는 오후 두세 시쯤 들과 산으로 소에게 풀을 먹이러 가는 일이 나에겐 제일 재미있었다. 푸서리에 소를 풀어놓으면 풀을 혀로 말아 포개서 아래턱의 앞니로 잘라서 먹는 모습이 신기하여 한참 동안 바라보기도 했다. 소가 콩밭이나 고구마 밭에 들어가 농작물을 해치지 않도록 지켜보다가 지겨우면 소똥 밑 땅속에 들어가 있는 쇠똥구리에 오줌을 누어 숨이 막혀 올라오는 놈을 여럿 잡아 싸움을 붙이며 놀았다. 어둠이 살짝 내려앉은 해거름 녘에 집으로 돌아올 때에는 배가 불룩한 소의 등을 타고 왔으며 쇠등에 앉으면 개선장군처럼 어깨가 으쓱해졌다.

한번은 놀이에 정신이 팔려 해가 지고 난 이후 집으로 오기 위해 소를 찾으니 소가 없어져버렸다. 별이 총총히 떠오른 어둠 속에서 걱정과 무서움에 떨며 아무리 소를 찾아봤지만, 소는 보이질 않았다. 눈가에 젖은 별빛으로 집 앞에 다다르니 어머니가 대문 밖으로 나오고 있었다. 소는 일찍이 외양간에 들어와 있는 판에 소 먹이러 간 아이가 오지 않으니 걱정되어 찾아 나선 것이다. 귀소본능으로 해가 지자 먼저 외양간에 들어와 있는 소를 물끄러미 바라보며 무뚝뚝한 표정의 소가 원망스럽기도 하고 반갑기도 하였다.

겨울에는 구정물에 짚과 마른 고구마 줄기를 작두로 썰어 콩깍지, 등겨 등을 섞어 소죽을 끓여 주는데 소죽 끓이는 재미가 쏠쏠했다. 소죽이 익으면서 풍기는 구수한 냄새는 배고픔을 자극하고, 솔가지로 훨훨 타고 있는 아궁이 속에 고구마를 구워 먹는 맛은 겪어 보지 않은 사람은 잘 모른다. 한번은 철모르고 씨감자를 구워 먹어 버려서 이듬해 감자 농사를 망친 적도 있었다. 사랑채 뒤 굴뚝에서 모락모락 피어나는 연기 또한 참으로 정겨운 광경이기도 했다.

요즘 소는 말려서 썬 짚이나 마른풀인 여물을 먹이지 않고 사료를 먹인다. 사료를 먹는 소는 일을 못 할 뿐만 아니라 우리에게 정을 주지도 않고 사랑스럽지도 않다. 다만, 고기와 우유를 줄 뿐이다. 세상이 삭막해져가면서 인륜의 도를 넘어서는 범죄가 있을 때마다 소젖 먹고 자란 자식이라서 그런다는 말을 하곤 한다. 소는 사람이 먹지 않는 풀을 먹고 살기 때문에 예로부터 이로운 동물로 지칭하는데 소가 직접 이 말을 듣는다면 얼마나 억울하겠는가? 똑같이 생긴 암소 두 마리를 놓고 어미와 새끼를 구별하는 방법을 책에서 본 기억이 있다. 두 암소 앞에 여물을 놓았을 때 새끼를 위해 나중에 먹는 소가 어미 소라고 하는 내용을 읽고 감동한 적은 있으나, 송아지가 자라서 어미 소를 들이받았다는 이야기는 듣지 못했다.

내가 중학교 입학을 앞두고 없어진 늙은 암소는, 뱃속에 열 달 동안 탈 없이 송치를 배어 낳는 일과 먹고 싶어도 새끼 먼저 주면서 희생으로 살아가는 모습이, 오늘에 와서 생각해보면 어머니를 닮아 있었다. 이러한 추억이 나의 삶을 지켜주는 버팀목으로 그리워

할 수 있는 어머니에 대한 고마움을 새삼 일깨워준다. 사납고 고집이 센 소는 사람을 얕보고 머리로 들이받거나 뒷발로 차기도 하는데, 우리 집의 늙은 암소는 큰 뿔을 가졌음에도 한 번도 그런 적이 없었다. 내가 젖을 만져도 뒷발길질 한 번 하지 않은 이유가 지금도 궁금하다.

유전과
환경

대학 생물학 시간에 '유전과 환경이 인간에 미치는 영향'이란 단원을 설명하던 교수가 말했다. "좀 어려운 단원인데, 누가 먼저 유전과 환경의 차이에 대해 말해볼래요?" 모두 시선을 내리깔고 있는 가운데 갑자기 한 여학생이 일어나더니 또랑또랑한 목소리로 대답했다. "제가 결혼해서 아이를 낳았습니다. 그 애가 남편을 닮았다면 유전(遺傳)이고 그렇지 않고 옆집 남자를 닮았다면 환경(環境) 때문입니다." 이 맹랑한 대답이 맞는지 틀리는지는 이 글을 읽는 사람에게 맡겨본다.

근심을 새로운 사랑으로 바꾸어놓는 어느 일요일, 가족이 둘러앉아 아침을 먹고 있다. "제갈공명(諸葛孔明)과 친교를 맺었던 마량(馬良)은 형제가 다섯이었다. 그들 모두 재주가 뛰어났으나 그중에서도 마량이 가장 뛰어났는데, 어려서부터 눈썹에 흰 털이 섞여 있어서 백미(白眉)라고 불렀다. 그래서 재주가 뛰어난 인간을 말할 때 백미라고 해. 흰머리 독수리를 한 번 봐봐, 크고 용맹스러운 게 얼마나 멋있어. 미국을 상징하는 새로 불리지. 몸에 흰 털이 있다는 것은 머리가 좋고 우수하다는 뜻이야. 그러니 걱정할 필요 없어." 하고 말하니, 숟가락을 들고 고개를 푹 숙인 채 "아빠! 흰 눈썹과 흰 머리털이 같아?" 하고 반문한다.

고등학생인 아들자식이 머리에 흰 머리카락이 많이 났다며 아침 밥상머리에서 검게 염색을 하겠다고 해서 온갖 이론을 동원하여 반대하고 있다. 하지만 자식은 이를 받아들이지 않는다. 어디서 주워들었는지 흰 머리카락은 유전이라면서 오히려 아비를 원망한다. 나도 흰머리가 많아 유년에는 어머니가 무릎에 나를 누이고 새치를 뽑곤 했다. 이런 나보다 자식 놈이 흰머리가 더 많으니 보고 있는 나로서도 달갑지 않다. "그럼 대머리도 유전이라는 사실을 알겠네? 그나마 너는 대머리는 아니잖아! 다행으로 생각해. 그러니 염색은 안 돼." 하고 단호하게 말해도 계속 염색을 하겠다고 고집을 피운다.

갈대꽃 같은 희끗희끗한 머리를 짧게 자르면 단정하고 얼굴도 잘생겨 보이겠다며 구슬리기도 했다. 마지막엔 "머리 염색을 하면 머릿결이 나빠지고 피부병도 생길 수 있으며, 심지어 시력도 나빠진다고 하니, 그냥 그대로 있으면 안 될까? 나는 보기 좋은데." 하고 머리 염색에 대해 나쁜 점을 말하면서 염색을 하지 못하게 했다. 그러자 시무룩한 표정을 지으면서 말문을 닫는다. 부모에게 물려받은 몸을 소중히 여기는 일이 효도의 시작이라는 것까지는 기대하지 않더라도 나는 끝까지 흰머리가 덜 보이도록 개성 있게 자르길 바랐다.

점심을 먹고 잠깐 지인의 결혼식장에 다녀왔더니 평소와 달리 자식은 방문을 굳게 닫아놓고 인사도 없다. 아내가 살며시 "머리를 검게 염색했어요. 모른 체 그냥 놔두세요. 한창 예민할 때잖아요." 하고 귀띔을 한다. 오전 내내 열 올리면서 염색하지 말라고 했지만 결국은 염색을 하고 말았단다. 이왕지사 일어난 일 나무랄 기분은 들지 않았으나 썩 좋은 기분은 아니었다. 곰곰이 생각해보면 지금까지 살아오면서 반대하고 하지 말라고 한 것이 많았다. 나쁜 점만 보지 말고 좋은 점도 보면서 고정관념을 깨트려야 했는데 나에겐 그게 참 어려운 일이다. 흰머리 때문에 얼마나 신경이 쓰였으면 아버지의 말을 거역하고 염색을 했을까! 이럴 줄 알았더라면 한 번 해보라고 할 걸 하는 후회도 들었다.

나와 자식의 사이에는 느끼지 못하는 벽이 가로놓여 있었다. 키가 나보다 훌쩍 커버린 자식의 사고마저 마음대로 조종하려 한 나의 행동이 옳은지 생각해보았다. 아들은 염색해야만 하는 사유가 있었을 터이고 그것은 또래의 세상을 건너는 방법일 수도 있었다. 아들은 머리 염색을 허락받고자 가족이 모인 자리에서 어렵게 말을 꺼냈을 것이다. 아들의 의견을 저버리고 내가 만든 사고의 틀에 가두고자 한 내 잘못이 컸다. 머리가 컸다고 의논 한마디 없이 자기 마음대로 염색하였다면 보이지 않는 벽은 더 두꺼워지지 않았을까? 말을 해준 아들이 오히려 갸륵하게 느껴졌다.

아버지의 말을 듣지 않아 혼날 일을 염려해서인지는 모르겠지만, 오후 내내 방안에 갇혀 있다가 저녁이 되어서야 밥상머리에 쭈뼛거리며 앉는다. "내 아들이라서 그런지 눈썹이 시커먼 게 너 참 멋있게 생겼다." 하고 한마디 해주니 슬그머니 고개를 든다. 흰머리는 유전되지만, 마음만큼은 늘 내 마음과 같지 않다는 것을 애써 환경 탓으로 돌린다. 마지막으로 대학 생물학 시간에 배운 성직자 멘델의 유전법칙에 의하면 유전자는 우성(優性)과 열성(劣性)이 있으며 반드시 우성이 우수하지는 않더라도 검은 머리와 새치가 결혼하여 태어난 아들이 새치이면 새치가 우성이라고 한마디만 더해주고 싶은 걸 꾹 참고 저녁을 먹었다.

빛 좋은 개살구

　　오래전 빚을 얻어 조그만 아파트 2층을 분양받았다. 2층은 다른 층에 비해 매매에 따른 불이익이 있다고들 했지만, 나는 베란다에 식물을 키우기 위해서 햇빛이 적당히 드는 2층을 선택했다. 이사하기 전 아래층에 피해를 주지 않기 위해 방수공사를 꼼꼼히 하였고 십 년 넘게 뜻한 바대로 식물을 잘 키우고 있다. 식물을 키우며 타는 가뭄이 오면 베란다 창을 열고 아파트 정원에 있는 나무에 물 분사기로 물을 뿌려주기도 한다. 이때의 상쾌한 기분과 시들한 잎이 푸르게 변하면서 태양 빛이 공기 중의 물방울에 반사 굴절되어 생기는 일곱 빛깔 무지개의 아름다움과 정원을 가까이서 내려다보는 즐거움은 덤이다.

　　아파트 정원에는 이사 올 때 작았던 나무가 지금은 십수 년을 자라 2층을 가릴 정도로 조그만 숲을 이룬다. 숲에 꽃이 피면 곤충들이 날아들고 새가 찾아와 즐거운 노래도 불러주고 간다. 가을에는 빨갛게 물든 이파리가 운치를 더하고 여름에는 창을 열고 밖을 보면 내가 꼭 나무 위에 앉아 놀고 있는 것 같아 더없이 시원하다. 살아 천 년 죽어 천 년 간다는 주목과 잎이 예쁜 단풍나무, 둥글게 층을 이뤄 수형이 빼어난 측백나무, 까치밥 떠오르는 감나무, 곤충 대신 새가 꽃가루받이를 해주는 동백나무, 키 작은 철쭉, 꽝꽝나무 등이 자태를 뽐내고 있으며 그 가운데에 매화나무와 살구나무가 나란히 자라고 있다. 아침마다 베란다에 나가 키우는 야생화들을 돌보다가 창밖으로 눈길이 가면 매화나무와 살구나무가 먼저 눈에 들어온다.

매화나무는 사군자의 으뜸으로 만물이 추위에 떨고 있을 때 예쁜 꽃을 홀로 피워 봄을 가장 먼저 알려주어 불의에 굴하지 않는 선비정신의 표상이다. 그리고 늙은 가지에서도 꽃을 잘 피워 회춘과 사랑을 상징하고 매실의 맛은 새콤하면서 달아 건강식품으로 유용하게 쓰여 자연인이 좋아하는 나무로 알려졌다. 하지만 여기에 있는 매화나무는 살구나무에 비해 초라하다. 처음엔 살구나무보다 둥치도 크고 수형도 좋았다. 해마다 사람들이 몸에 좋다는 풋매실을 따기 위하여 장대로 두들겨 패고, 발로 차고, 손으로 흔들고 가지를 꺾었기 때문이다.

올해도 여느 해와 마찬가지로 열매가 익기도 전에 털리는 시달림을 받았다. 그래서 나는 익은 매실을 본 적이 없다. 어쩌다 잘 익은 매실을 본 사람들은 탐스러운 주황색으로 보기에 좋을뿐더러 생각만 해도 입안에 도리깨침이 돈다고 했다. 봄을 지나 여름이 오면 매화나무의 잎은 성글고 부러진 가지에서는 진물이 흘러나온다.

반면에 살구나무는 매화나무보다 키도 크고 잎이 무성하다. 봄이 오면 살구나무도 매화 못지않은 꽃송이가 처녀의 생리처럼 하나씩 터지며 육감으로 벌어지는 흐벅진 꽃술을 보여준다. 꽃은 봄의 가로등 불빛에 더욱 야하다. 매실과 비슷한 시기에 열매를 달지만, 살구를 탐하는 사람은 없어 끝까지 열매를 익혀 때가 되면 떨어뜨린다. 여름이 오면 베란다 앞 정원에 노랗게 익은 살구가 한동안 달려 있어 즐거움과 풍성함을 전해주어 정이 많이 간다. 계절의 풍경을 과실로 그린다면 봄은 올망졸망하게 달린 푸른 매실이고, 여름은 탐스럽게 달린 노란 살구고, 가을은 주렁주렁 달린 붉은 감이고, 겨울은 나무 그 자체가 좋겠다.

살구나무를 볼 때마다 "빛 좋은 개살구"라는 우리의 속담이 떠오른다. 겉보기에는 먹음직스러운 빛깔을 띠고 있으나 실제로 맛없는 열매란 뜻으로, 겉만 번듯하고 실속이 없는 경우를 비유적으로 이르는 말이다. 개살구는 모진 풍상을 견디며 이 땅에서 살아남기 위해 달콤한 맛을 버리는 대신 화려한 겉모습을 택했다고 볼 수 있다. 매화나무와 비교하면 모자란 듯 느껴지지만 잘살고 있다.

살아가다 보면 남들과 비교되며 자기가 모자란다고 느낄 때 사람들은 초라해진다. 이럴 때일수록 자기의 정체성을 찾는 게 중요

하다. "나는 누구인가?" 물음을 긍정적인 생각으로 던질 때 자기의
가치가 보인다. 세상에서 필요하지 않은 것은 없다. 매화는 매화나
무대로, 살구는 살구나무대로 만물과 어울려 자란다. 만물의 어울
림에서는 서로서로 도움을 주고받는 관계에 있다. 도움을 받는다
는 실정은 빚을 진다는 의미다.

우리가 자연으로부터 받는 혜택도 일종의 빚이다. 이렇듯 우리
는 알게 모르게 빚을 많이 지고 살아간다. 빚을 예찬하는 것은 아니
지만, 필요에 의해 빚을 얻어 살아가는 방법도 하나의 기쁨이다. 건
전한 빚은 서로 돕고 사는 따뜻한 정을 포함하고 있다.

정원의 나무들과도 정이 많이 들었다. 집 떠나 야생의 살구나무
열매를 볼 때면 정원의 살구나무가 문득 떠올라 집에 빨리 가고 싶
은 심경이 든다. 살구나무가 황금빛 열매로 나의 눈을 즐겁게 한 덕
택이리라. 살구나무에 진 빚의 상환은 눈길로 마음을 주고받을 때
이루어진다. 해마다 빛 좋은 개살구를 보기 위해서라도 열심히 살
아 아파트 빚을 갚아야겠다. 빛 좋은 개살구가 나에게 인생살이의
알심으로 다가온다.

내 나이는

　　나이는 단지 숫자일 뿐일까? 보통 남자들은 첫 만남에서 술이 한 순배 돌고 나면 술기운에 학번을 물어본다든지 "우리 주민등록증 까자!"라는 제의를 한다. 이때에 나는 나이에 대한 심한 정체성의 혼란을 느낀다. 이것은 직간접적으로 나이를 알아서 서열을 정하자는 의미로 재수나 삼수를 하였다든지 주민등록에 생년월일이 잘못된 사람들은 대답하기가 매우 곤란하다는 말을 하곤 한다. 이처럼 사회생활에서는 나이를 간과할 수가 없다.

　　고등학교 입학을 하자 담임선생님이 나를 교무실로 불렀다. 선생님은 나의 주민등록초본과 등본을 펼쳐놓고 "너는 생일이 두 개나 돼."라고 말씀하셨다. 살펴보니 등본의 생일은 정확히 태어난 날로 되어 있었고 초본의 생일은 3년이 늦게 되어 있었다. 죽었다가 다시 태어나도 가질 수 없는 두 개의 생일을 무슨 가당치도 않은 행운으로 가지게 되었는지 모를 일이었다. 출생신고를 한 아버지가 잘못 전했든지 아니면 시골의 면서기가 기재를 잘못 하였든지

간에 결과는 확연히 두 개의 생일로 나타났다.

선생님께서 초본과 등본을 돌려주시면서 하나의 생일로 통일을 해 오라고 하여 면사무소에 들렀다. 면사무소 호적계를 방문하여 이리이리하니 해결을 좀 해주십사 하고 여쭈니, 담당 주사는 한참을 곰곰이 머리를 쓰다가 초본의 생년월일을 정정하려면 법원에서 재판을 받아야 하는 등 절차가 까다롭고 복잡하므로 초본의 생년월일을 따르는 게 좋겠다며, 아주 쉽게 3년 늦은 생일로 통일해주었다. 사람이나 동물 그리고 나무도 1년에 한 개씩 나이테를 만들어 살아온 햇수를 뜻깊게 나타내는 나이를 이렇듯 쉽게 고쳐주었으니 참 황당한 일이 아닐 수 없었다.

고등학교 입학 전까지 실제 나이로 살아오다가 졸지에 세 살이나 나이가 어린 신세가 되어버렸다. 이런 사유로 해서 한 번은 직장의 인사과장께서 전화로 "자네는 어찌하여 고등학교를 열여섯에 졸업하였는가?" 하고 물어온 적이 있으며 동창회 등 모임에 나가면 친구들로부터 심심찮게 "나이 어린 친구와는 젖비린내가 나서 같이 못 놀겠다."라는 농담을 듣는다. 생의 뒤안길에서 뒤로 물러설 수 없는 중심점이 나이로 한 걸음 한 걸음 내디뎌 나아가는 것인데 중심점이 3년 뒤로 옮겨진 셈이라 뜨악했다.

천만다행인 일은 나와 두 살 터울인 여동생의 나이보다 호적상으로 한 살이 많다는 현실이었다. 여동생의 생년월일도 2년이나 늦게 되어 있다. 잘못되었다면 내가 동생보다 나이 어린 오빠가 되는 웃음거리가 생길 뻔하였다. 언젠가 우스갯소리로 "손위로 동생이 몇이나 있습니까?" 하는 질문을 받은 적도 있었다.

우리 속담에 "나이는 못 속인다."라는 말이 있다. 거저 나이를 먹는 것이 아니라는 뜻으로 나이를 먹은 만큼 지혜가 생겨 많은 일을 이해한다는 뜻이다. 생년월일이 3년 늦게 올려졌다고 해서 나잇값을 제대로 하지 못하는 인간이 되어서는 안 되겠다. 나이는 한 살에서 시작하여 매년 한 살씩 더해지다가 영원히 눈을 감는 순간에 소멸이 된다. 인생은 나이의 벌판에 잠시 어른거렸다가 비워지기에 미리 비우며 살아야겠다.

나는 술자리에서 몇 년생입니까 하고 물어올 때 제일 곤란하다. 이 물음은 나이에 대한 정체성의 혼란을 주기 때문이다. 이런 경우는 비단 나뿐만 아니라 주위에서도 종종 보아왔다. 예전 50년대 후반부터 60년대 초반에 태어나 우리나라의 경제 성장을 주도한 인구 비율이 제일 많은 세대에서는 주로 동네 이장이나 일가 중 글을 좀 깨쳤다는 사람이 출생신고를 도맡아 하였기에 이러한 실수가 가끔 발생한 모양이다. 이름도 집에서 부르는 이름과 호적상 이름이 다른 경우를 심심찮게 보는데 같은 맥락이 아닌가 한다.

젊었을 적에는 나보다 어린 동생들이 친구처럼 대해서 기분이 언짢았다. 하지만 나이가 들어갈수록 느끼는 것으로 세 살이나 어리게 된 형편이 잘되었다는 의향도 많이 든다. 유수 같은 세월에 3년을 벌었다면 횡재나 다름없다. 그만큼 젊게 살 수 있고 해마다 동지에 나이대로 먹어야 할 팥죽에 든 새알이 많이 남아 있어서 마음이 풍족하다. 아무튼, 내가 원한 바는 아니지만 주어진 대로 수용하고 배짱으로 정직하게 생활하고자 한다. 앞으로 누군가 "몇 년생입니까?" 물어오면, 나는 "단지 숫자에 불과한 나이는 잊어버리고 젊게 삽니다."라고 대답하련다. 나이를 갖고 있는 한, 사람의 생명은 유한하다. 나이를 잊어버리면 무한으로 갈 수도 있지 않을까?

적당한
바보

　오늘은 27년 전 고등학교 시절 학교신문에 게재한 '적당한 바보' 라는 빛바랜 글에서 나를 찾았다. 세월이 빠르다는 말은 만나는 사람들의 인사로 하루에도 몇 번은 듣는 것 같다.

　여학생을 들어 생각해본다. 어디 한 곳도 흠 잡을 데 없는 여학생 그것이 나에게는 두렵고 불안에 잠기게 한다. 아니 미남인 나를 좋아할까 봐 겁이 난다. 어딘가 모르게 조금 빠진 곳이 있거나 깨끗하면서도 어수룩한 느낌이 드는 여학생이라야만 비로소 야릇하게 하는 맑고 청신한 매력을 발산한다. 즉 바보 아닌 적당한 바보야말로……. 얼굴에 티가 하나도 없는 여학생, 매끈하고 깔끔하게 생긴 얼굴보다는 정도에 맞게 주근깨가 약간 있다든지, 아니면 여드름 몇 개라도 또 키가 좀 컸으면 좋겠는데 살짝 작다던가……. 뒷일이야 어쨌든 무언가 조금 모자라는 구석이 있을 때 그 여학생을 보는 남학생, 그 여학생에게 마음이 있는 남학생의 마음을 놓이게 한다.

모든 사람을 대하는 대인관계에서도 그렇다. 사람이 너무 똑똑하고 야무져도 그리고 지나치게 경위 바르고 손톱으로 꼬집어도 '아야' 소리 안 나올 것 같이 빈틈없는 방비 처세를 한다면, 그의 하루는 답답하고 우울하고 허전하고 괴로움의 연속일 뿐이다. 짧은 세상, 인생을 즐겁고 유쾌하고 유머 있게 보내려면 좀 어수룩한 구석을 만들고 때로는 적당한 바보가 될 줄 알아야 한다. 그렇다고 이가 진짜 모자라는 인재는 아니다. 옛말에도 있지 않은가? "물이 너무 맑으면 고기가 없고 사람이 너무 결백하면 벗이 없다."라는 말, 이게 진짜 교훈이다.

매우 심심하던 날 난 적당한 바보 여학생 한 명쯤하고 밖을 나갔다가 비좁은 길에서 이런 광경을 본 일이 있다. 아마 사오십 대쯤 되어 보이는 중년 신사양반이 앞을 걸어가고 바로 뒤에 나의 작은 형님 뻘 되는 청년이 자전거를 타고 따라갔다. 청년이 신사양반을 앞질러 가려는 찰나 길이 비좁아서인지 아니면 자전거를 타는 실력이 모자라서인지 자전거의 어디가 고장이 나서인지는 모르겠지만, 자전거의 앞바퀴가 신사양반의 엉덩이를 들이받고 말았다. 신사양반은 약간 흠칫하였고 자전거는 급정거하였다.

자아~ 이젠 볼 만한 구경거리가 생기겠구나 하고 잔뜩 기대하고 있는데 웬일인지 신사양반이 뒤를 돌아서며 "야~! 인마"가 아니고 "허허! 미안하구먼. 뒤통수에 눈이 없어 놓으니 자전거가 오는지 가는지도 잘 모르고……." 그러자 청년은 신사양반 앞으로 나아가 뒤통수를 긁적거리며 넙죽 절을 하고는 "죄송합니다. 선생님 다치시는 않으셨는지……." "그래요 그만한 일로 다치려고요. 그만 볼일 보십시오, 끄떡없으니. 그리고 다른 사람 다치지 않게끔 조심했으면 좋겠습니다 그려." "예. 정말 죄송합니다, 선생님." 비로소 청년은 웃는 얼굴로 연방 굽실굽실 절을 했고 신사양반은 엉덩이를 툭툭 털고는 가던 길을 계속 갔다.

이런 때 으레 시비가 있으며 시비가 있는 것이 요즈음 사회의 모습인데 왜 이리 싱겁게 끝나버렸을까 생각하니 어딘가 마음 한구석이 비었지만, 어딘가 마음 한구석에는 흐뭇한 정겨움을 느꼈다. 왜 그렇게 되었을까? 이유는 간단명료하다. 그 신사양반이 좀 어수룩하고 적당한 바보 행세를 할 줄 아는 사람이었기 때문이다. 이처럼 때에 따라 적당한 바보 노릇을 할 줄 아는 것이 조화와 명랑의 근본이 되고 무엇이든 잘할 줄 아는 바탕의 으뜸이라는 진실을 깨달을 수 있다. 그리고 난 확신한다. 이런 위인이 알알이 영근 가을 곡식처럼 고개를 숙일 줄 아는 지혜로운 사람으로 누구나 이 정도쯤 적당한 바보가 될 수 있다는 것을……. (1979. 11. 13)

어제는 22년 운전 경력에 흠집을 낸 날이다. 가다 서기를 반복하는 체증 구간에서 조그만 접촉사고를 내고 말았다. 보험회사에 연락하고 집에 와 쉬고 있는데 앞차의 운전자와 여자 친구로 보이는 동승자가 병원에 입원하였다고 연락이 왔다. 나와 나의 차가 말짱하고, 그 젊은 청년 또한 아무 일 없다는 듯이 돌아갔다. 이제 와서 병원에 누워 있다니 기분이 씁쓸했다. 때마침 친구가 안부 전화를 걸어와 "적은 돈으로 큰 인생공부 하였다. 요즈음은 보험회사에서도 보험료가 싼 무사고 차량을 꺼린다고 하니 좋게 생각해."라는 말로 위로해주어 고마웠다.

세상 사람들 모두 적당한 바보로는 살 수 없을까? 세상살이가 내 마음과 같지 않다는 것이 가끔 나를 힘들게 한다. 그래도 나는 꿋꿋하게 적당한 바보로 살아가야겠다.

폐교

경상남도 창녕군 유어면 광산리에 가면 이름도 빛나는 광산초등학교가 있다. 내 마음 자리에 있다.

시골에서 내가 다닌 초등학교와 중학교는 오래전에 폐교가 되었다. 머지않아 내가 다녔던 고등학교도 폐교될 위기라는 소식까지 들린다. 내가 학교에 다닐 때에는 시골 학교지만 초등학교와 중학교는 전교생이 모두 오백 명이 훨씬 넘었으며, 고등학교는 이천 명이 넘는 학교였다. 이런 학교가 학생들이 없어 폐교되어 사라져 버리고 또 폐교될 위기에 처해 있다고 하니 서글프다. 세상이 아름다워지려면 새싹 같은 아이들이 많이 태어나야 하지만 시골에서는 아이 보기가 어렵다. 초롱초롱한 눈망울로 뛰어노는 이 땅의 주인을 볼 수 없어 나라를 위해 정책을 세운다는 어른들이 딱하다.

그 시절의 그리움에 지나다 한 번씩 초등학교에 들르면 운동장엔 잡초가 무성하고 교실엔 작은 나무 책상과 의자들만 있다. 다리가 부러진 의자에 기울어진 구도로 거미들이 집을 지어 사는 형상을 보면 지난날들이 아련하게 떠오른다. 보리밥 도시락을 먹는 까만 눈동자의 친구와 단출한 단발머리의 계집애들이 재잘재잘 이야기를 하고 있다. 공부하다가 바닥으로 오줌을 흘리는 아이, 풍금 소리에 맞추어 노래하는 아이, 책상바닥에 반으로 금을 그어 자리다툼을 하는 아이, 시퍼런 콧물을 훔치는 아이도 보인다. 지각하여 선생님 몰래 숨어들어와 의자에 앉으려는 순간에 장난기 많은 친구가 슬그머니 의자를 뒤로 빼 넘어져 놀란 표정 뒤로 오는 친구들 웃음소리에 뜻 모를 선생님 얼굴도 보이고, 숙제를 못 해 그 벌로 냄새나는 화장실 청소하던 친구도 떠오른다.

양손에 검정 고무신을 쥐고 까만 얼굴에 꾀죄죄한 땀을 흘리며 듬성듬성 난 잡초 사이로 돼지 오줌통을 차고 놀다가 부딪혀 넘어지면 굵은 모래알갱이는 무릎에 박혀 상처를 주었다. 잘못 찬 돼지 오줌통이 탱자나무 울타리 가시에 찔려 갇혀 있던 지린내와 오줌이 흘러내리면 서로서로 네 탓이라며 토라져 교실로 들어가고, 장마에 운동장 밑까지 차오른 물에 미역을 감다가 교장 선생님께 들켜 더위가 하염없이 내리는 운동장에서 여자아이들이 보는 가운데 발가벗은 채로 잡초를 뽑는 창피한 모습도 보인다.

벽돌과 나무로 지어진 창문 위로 담쟁이넝쿨이 있고 가끔은 발 없는 바람이 스쳐 지나가는 그곳, 운동장 가장자리에는 풍치목의 미루나무와 커다란 플라타너스가 도르래 달린 우물 속에서 몸치

장을 했다. 폐가가 된 구멍가게 자리에는 감이 익어가고 있다. 개망초가 자라는 감나무 아래 저 자리는 사탕을 훔치다 주인에게 붙들려 혼이 나는 자리다. 민둥산이던 학교의 뒷동산은 숲이 우거져 세월의 무상함을 대신한다.

중학교 때의 그리움이 있는 학교도 이제는 폐교되어 아쉬움에 한 번씩 찾는다. 이는 수구초심(首丘初心) 같은 이유 때문이리라. 집에서 학교까지 거리가 멀어 낙동강 가로 나 있는 신작로를 따라 자전거로 통학하였다. 새벽밥을 먹고, 봄엔 연초록 수양버들이 늘어져 있고 가을에는 연분홍 코스모스가 피어 있는 안개가 자욱한 길을 헤치며 학교에 가고, 해그림자가 길쭉해지면 수업시간에 졸면서 공부한 책가방을 자전거에 싣고 바퀴살 소리를 앞세워 집으로 돌아왔다.

하교 때에는 배가 고파 길가 수박밭에 뛰어들어 수박을 따 먹었다. 가끔 가다가 무밭에서 무를 뽑아 들고 자전거에 오르면 붉은색의 완행버스가 부릅뜬 눈으로 쫓아오고 버스가 일으킨 흙먼지 속에서 무를 베어 물면 시원한 강바람이 입술을 닦았다. 오고 가는 길에 무가 뽑혀 패인 자리가 보이면 주인에게 미안한 마음이 차오르기도 하여 피해 다니기도 하였다. 미루나무 가로수에서 시원하게 울어대던 매미와 떼로 몰려 날아다니는 고추잠자리가 눈에 선하다.

처음으로 배우는 영어 '아이 엠 어 보이'에 소년이 되었던 시절로 이성에 눈을 떠 처녀 선생님의 속옷 색깔을 궁금해하던 못된 망아지 같은 친구도 있었고 선생님을 마냥 가슴에 담아두고 짝사랑하는 순진한 친구도 있었다. 숫기 없는 행동으로 두셋이 짝을 지어가는 여학생의 무거운 가방을 자전거에 실어다 줄라치면 소문날까 두려워하고 옆 친구의 눈치도 보았다. 자전거가 없어 털레털레 걸어서 가는 친구를 보면 그냥 지나치지 못해 태워서 다니느라 땀도 많이 흘렸다. 까까머리에 모자를 비스듬히 눌러쓰고 검은색 교복 상의 윗단추 한두 개쯤 풀어헤친 치기 어린 철없는 모습이 머무는 그곳을 어찌 잊을 수가 있을까!

개잎갈나무와 학교 뒤뜰의 소나무가 풍경화로 어우러진 경상남도 창녕군 유어면 등대리에 가면 이름도 반짝이는 등대중학교가 있다. 내 마음 자리에 있다.

수수밭에
들다

연년생인 고등학생 딸과 아들을 두고 있다. 둘은 틈만 나면 싸운다. 먹을 것에서부터 입는 것, 영역 다툼에 텔레비전 시청까지 서로 양보하는 것을 보기 어렵다. 딸 아들 모두 덩치가 커 툭탁거리며 싸우는 양상을 보면 투우장에서 큰 황소 두 마리가 싸우는 것 같다. 혹여 둘이 다칠까 봐 아내가 말려보지만 역부족이다. 나는 이들 오누이의 싸움을 성장 과정에서 생기는 어떤 의식으로 보고 언젠가는 싸우고 싶어도 싸울 수 없을 때가 틀림없이 오리라는 것을 예견하며 속으로 "그래 많이 싸워라." 하면서 될 수 있는 대로 지켜볼 뿐이다.

여태껏 살아오면서 지워지지 않는 어릴 적 심상이 하나 있다. 나의 어머니도 이 사실을 기억하시고 한 번씩 이야기하실 때가 있었다. 나는 7남매의 여섯째이고 내 두 살 아래 막내 여동생이 있다. 지금은 시집가 살고 있는데 연락이 뜸한 걸 보면 살기가 그리 녹록하지는 않은가 보다. 나와 여동생은 지금의 내 아이들처럼 한창 자랄 시기에 정말 많이 싸웠다. 싸우면 일방적으로 내가 이겨 여동생은 죽살이를 치고 달려들었다. 마지막에는 항상 울면서 어머니께 일러바쳐 얄미워서 더 많이 괴롭혔는지도 모르겠다. 어머니는 둘 다 꾸짖었지만 나를 더 많이 나무라셨다. 동생은 내가 얼마나 미웠으면 오빠가 세상에 태어나지 않았으면 정말 좋았겠다고 가족들에게 종종 이야기하곤 했다.

어떤 이유에서인지는 모르지만 태양이 내리쬐는 무더운 초가을 어느 날, 내가 또 여동생을 괴롭혔나 보다. 이번엔 어머니가 단단히 화가 나서 나와 여동생을 소가 매여 있는 감나무에 새끼줄로 묶고는 부지깽이로 혼을 내셨다. 다시는 싸우지 않겠노라며 싹싹 빌었지만 좀처럼 화가 누그러들지 않자 급기야 몸부림을 쳐 새끼줄을 풀고 도망을 쳤는데 어머니는 나를 잡으러 오셨다.

산을 하나 넘어 낙동강이 있는 내터까지 벗겨지는 신발도 버리고 도망쳤지만, 어머니는 끝까지 나를 잡으러 오셨다. 내터에는 키가 큰 수수밭이 있어서 나는 얼른 수수밭으로 몸을 숨겼다. 수수밭 깊숙한 곳까지 들어가서는 고랑에 몸을 엎드려 가만히 숨죽이고 있었다. 어머니는 몇 번이고 나의 이름을 부르며 자박거리는 발자국으로 찾았으나 도저히 찾을 수가 없었던지 포기하고 돌아가버리셨다.

한참을 그런 자세로 있으니 이제는 새소리, 풀 향기 그윽한 바람

소리가 들려왔다. 몸을 뒤집어 하늘을 쳐다보고 누웠더니 핏빛으로 영근 수수가 머리를 숙이고 나를 바라보며 이제는 싸우지 말라는 듯 고개를 살랑살랑 흔들며 말을 걸어오는 것 같고, 가을볕은 수숫대를 비집고 들어와 눈물과 땀으로 얼룩진 얼굴을 간질였다. 그 사이로 파란 하늘에 뭉게구름이 떠가고 하얀 낮달이 숨어 있는 나를 물끄러미 내려다보아 부끄럽기도 했다. 한참을 그렇게 누워 있다가 나는 잠이 들었고, 깨어났을 때는 어둠이 찾아와 별들이 불을 밝히고 있었다.

걱정된 마음으로 배고픔도 잊은 채 집으로 오는 도중에 아버지를 만났다. 대문 밖에서 서성이고 계시다가 나를 불러서는 "너희 엄마가 화가 단단히 났으니 조금 더 있다가 방에 불이 꺼지면 내 옆에 와서 자거라." 하시고는 들어가셨다. 나는 저녁밥을 쫄쫄 굶은 채로 아버지 옆으로 몰래 숨어들어 잠을 잔 기억이 아직도 새록새록하다.

그 이후에도 횟수가 줄었지만 계속해서 동생을 괴롭혀 지금에 와서는 동생에게 미안한 마음이 든다. 그렇게 자라오다가 동생이 시골에서 그 어렵다는 도회지의 여자고등학교로 진학하여 헤어지면서 아마 일방적인 싸움은 중단되었던 것 같다. 이후로 만나면 그 누구보다도 살갑게 대했으나 지금은 세월 탓인지 소원해지려 한다. 조만간 시간을 내어서 한 번 만나야겠다.

　우리 아이들도 언젠가는 각자의 길을 갈 것이다. 인생이라는 길을 가장 멀리까지 바래다주는 사람은 같이 자란 동기간이다. 어른이 되어 따로 살게 되면 멋쩍어 싸우고 싶어도 싸우지 못한다. 성장 과정에서 형제간의 싸움은 일어날 수 있는 하나의 순연한 일로, 이런 싸웠던 아련한 추억들이 세상을 살아가는 힘이 되지 않을까 한다. 또 우당탕거리는 소리와 집이 떠나갈 듯한 큰 목소리가 들린다. "이젠 제발 그만 좀 싸워라!"라고 하는 아내의 목소리까지.

부모 마음

　내 주변에는 자식을 낳아 첫아들을 군에 보낸다는
사람들이 많다. 지천명을 넘긴 나이인 만큼 그럴 만도 하다. 요즘은
예전과 달리 신병훈련 기간에도 가족 면회를 할 수 있으며 면회를
가겠다고 하면 군부대에서 일시와 장소, 심지어 찾아오는 길까지
자세히 안내하는 서신을 보내준다고 하니 고마운 일이다.

　자식이 군 생활이나 제대로 할지 노파심과 큰 걱정으로 지내다
면회를 다녀와서는 하나같이 "내 아들이 건강해졌으며 다른 모습
으로 변하여 늠름해졌다."고 은근슬쩍 자랑한다. 얼마 지나지 않아
내 자식도 군에 갈 터이나 지금은 그 자랑이 부럽다. 자식들의 군
생활에 대한 이런저런 이야기를 듣고 있노라면 나의 군 생활이 어
렴풋이 떠오른다.

　나는 추운 겨울에 입대하였다. 남쪽 지방에서 쭉 생활하다가 중
부지방에 있는 논산훈련소에 들어갔다. 거기에는 어찌나 눈이 많
이 오던지 눈밭에서 훈련을 받으면서 우리나라가 작지만, 지역에

따라 기후가 제법 다르다는 것을 알았다. 훈련을 마치고 한밤중에 열차로 이동하여 큰 산 아래 있는 부대에 배치받고 군 생활을 시작했다. 거기에서도 자고 나면 눈을 치우고 태권도와 주특기 교육을 받으며 하루하루를 정신없이 보냈다.

어느새 봄이 와 농부들의 일손이 바빠질 해토머리에 부대에서는 장교용 테니스장 건설 공사를 하였다. 우리 근무대는 테니스장 배수가 잘되도록 밑바닥에 깔 돌멩이를 주워 오는 일을 맡아 부대원들과 차를 타고 돌멩이가 널려 있는 강가로 나갔다. 입대하고 처음으로 바깥세상을 구경하여 마음은 들떠 있었다. 그리고 입대 직전에 홀로 되신 고향의 어머님 생각이 간절하게 났다.

오전 내내 열심히 돌멩이를 주워 군용트럭에 싣는 중에 선임 하사가 집합을 시켰다. 선임자 한 명과 졸병 한 명씩 짝을 지어주며 가까이에 있는 마을에 가서 점심밥을 얻어 오라고 하였다. 이등병인 나는 내일모레 상병 진급을 앞둔 선임자 한 명과 마을로 향했다. 둘 다 졸병인 셈이었다.

마을에 들어서 집집이 기웃거려도 들에 일하러 나갔는지 사람은 없고 잠잠했다. 한집 한집 거쳐서 올라가다 마을의 꼭대기에 있는 집 앞에 이르자 인기척이 나서 들어갔다. 지금 내 나이 연배의 부부가 우리를 쳐다보며 약간 놀란 표정을 지어 자초지종을 이야기하니 표정이 밝아지며 방으로 들어가자고 한다. 지금 선임자들이 기다리고 있어 들어갈 시간이 없다고 하자, 그 부부는 한사코 우리를 방안으로 밀어 넣고 잠시만 기다려 달라고 애원하듯 한다. 할수 없어 방에 들어가 조금 있으니 밥상을 차려 왔다.

오곡으로 지은 고봉밥에다 닭고기, 그리고 갖가지 산나물 무침으로 수라상 같았다. 보기만 하여도 가슴이 따뜻해지고 배가 불러왔다. 밥상을 앞에 놓고는 이제는 한사코 많이 먹고 가란다. 그러면서 무슨 이유에서인지는 모르지만 싸줄 수는 없으니 계속하여 먹고 가라고만 하여, 두 사람은 영문도 모른 채 먹기만 하였다. 내가태어나서 제일 맛있는 음식은 아마도 그날 먹었던 것 같다.

음식을 다 먹을 때까지 줄곧 가만히 지켜만 보다가 우리가 일어날 무렵에 아주머니가 조용히 한 말씀 하셨다. "우리 아들이 어제입대를 했어, 그 애 생각이 나서 그냥 보낼 수가 있어야지." 한다. 일순 가슴이 찡해오면서 눈물이 핑 돌았다. 나만 그런 것이 아니었다. 아들을 떠나보내서 울고 싶은 아주머니와 아저씨의 눈가도 촉촉이 젖어 있었다.

밥을 배불리 먹고 허겁지겁 부대원들이 있는 곳으로 내려오니부대원들은 다른 조가 얻어온 음식으로 점심을 먹은 후 우리가 탈영한 줄 알고 안절부절못하면서 기다리고 있었다. 배불리 밥을 얻어먹느라 늦었다고 이야기하면 맞을 것 같아 길을 잃어버렸다고둘러댔지만, 결국엔 부대에 복귀하자마자 보급 창고로 끌려가 능지가 되도록 두들겨 맞았다. 그때엔 하루라도 맞지 않으면 잠이 안 올 정도로 구타가 심했다. 그래도 사회생활을 해보니 군복 입고 맞아가며 훈련받던 때가 걱정이 덜한 봄날이었다는 생각도 가끔 든다.

내가 제대한 지도 어언 삼십 년이 다 되어간다. 지금의 군은 면회도 자유롭고 구타도 없다고 하니 올바르게 변하고 있는 듯하다. 부모 형제 그리고 나라를 위해 희생하는 젊은이들이 새삼 고맙다. 그리고 남의 자식을 보고 자기 자식을 헤아리는 부모의 마음은 다 똑같나 보다. 지금에 와서 얼굴도 잘 기억나지 않지만, 그 마음씨 착한 아주머니 아저씨를 다시 회상해본다.

악부

악부(岳父)

장가가던 날 예복차림으로 택시를 탈까 망설이다가 버스를 탔다. 예식장으로 가는 도중에 "소매치기다!" 하는 아주머니의 비명이 있고 나서 버스는 경찰서 앞에 정차하였다. 잔뜩 흐린 겨울 하늘이 경찰서 옥상 철탑 위에 위태롭게 얹혀 있었다. 한 사람 한 사람 행선지를 묻고 신분을 확인하는 등 상당히 오랜 시간을 보낸 나는 초조하기만 했다.

우여곡절 끝에 예식장 입구에 도착하니 감색 양복을 입은 주름투성이 얼굴의 시골 노인이 초조한 기색과 예사롭지 않은 눈길로 나를 바라보고 있었다. 많이 늦지 않았음을 다행으로 여기며 숨을 고르고 애써 노인의 눈길을 피해 식장으로 들어갔다. 서로 존경하고 사랑하라는 주례사를 끝으로 뒤돌아 하객께 감사의 절을 하고 고개를 드니 식장 입구의 노인이 혼주 석에 앉아 조금 전과는 다른 평안한 표정으로 나를 쳐다보고 있었다. 선친과 닮았다는 생각이 섬광처럼 뇌리를 스쳤다.

장인은 삼 대째 외동으로 태어나 우리나라의 파란만장한 역사와 인생역정을 같이하였다. 일제강점기 나라 없는 슬픔과 함께 꿈을 접어야 했고, 해방과 결혼의 기쁨도 잠시, 한국전쟁이라는 쓰라린 동족상잔의 비극을 맞았다. 전쟁 중에는 인민군에게 잡혀가다 지리산 계곡에서 구사일생으로 탈출하였지만, 다시 전쟁 포로로 누명을 쓰고 거제도 수용소 생활을 하였다. 장모가 거제도 포로수용소라는 말만 들어도 눈시울을 적셔 그 고생은 어떤 글로도 표현할 수 없을 것 같다. 가족을 위해 골똘히 힘써 일생을 살면서 사람의 도리를 몸소 가르친 분으로, 농사일로 손에서 녹아 부러진 지게 작대기만 하여도 몇 짐은 족히 될 것이다.

결혼 이후에 안 사실이지만, 내가 아내와 결혼하기 삼 년 전 처남이 사고로 죽었다. 장남이, 그것도 며느리와 피붙이를 남기고 먼저 떠났으니 마음이 아파 속으로 오열을 토했을 것이다. 숱한 인고와 질곡의 세월을 보내고도 희생과 성실을 근본으로 꿋꿋하게 살아왔는데, 장남과의 이별 이후 장인은 생을 같이한 지게를 벗어놓았다.

처가에서 첫날밤 새벽에 본 장인의 모습은 지금도 내 가슴을 시리게 한다. 하얀 눈을 치워 깨끗한데도 마당과 대문 밖을 하릴없이 쓸고, 방이 따뜻한데도 하냥 작은 방에 군불을 지피며, 눈이 오는데도 방문을 열고 먼 산과 가까이에서 놀고 있는 손자를 물끄러미 바라보는 일 외에는 그냥 시간을 유수같이 흘려보내고 있었다. 게다가 예전과 다른 행동으로, 오래되어 검게 변한 소나무 단층 뒤주장 속에 술을 사 넣어두고는 무거운 표정으로 누가 볼세라 살그머니 꺼내 마시는 일이었다.

석양 무렵이면 취기로 무거워진 심신을 이끌고 방 아랫목에 웅크리고 누워 유적하게 잠을 청하고 첫 닭이 울기도 전에 마른기침을 앞세워 여명을 맞이하였다. 이렇게 반복된 일련의 일에 대해 그 누구도 간섭하지 않았고 어떻게 보면 모두가 이를 신성한 의식으로 받아들였다. 자식과의 이별이 얼마만큼의 아픔인지 잘은 모르지만, 조금이나마 이해를 하려고 하니 마음이 아팠다.

나는 입대를 보름 앞두고 선친을 여의었다. 십 년을 훌쩍 넘겨 결혼식 직후에는 그립다 못해 남이 보지 않는 구석에서 눈물까지 흘렸다. 삼십 년 가까이 지난 지금도 기쁘거나 힘들거나 외로울 때는 그리운 생각이 여전하다. 아버지에 대한 그리움으로 인하여 나는 아버지와 다름없는 장인에게 가까이 다가가고자 했다. 한 발짝씩 다가갈 때마다 장인은 염화미소(拈花微笑)로 화답을 하곤 하였는데, 그 순간만은 엄마 품속의 어린아이가 부럽지 않았다.

처남이 죽은 지 십 년 되던 해 설날 오후에 전화가 왔다. 처가에 내려올 때 카메라를 가지고 오라고 했다. 어떤 심정이었는지 그토록 찍기 싫어하던 사진을 꼭 찍고 싶다고 하였다. 붉은 벽돌로 지어진 벽을 배경으로 하여 무표정한 얼굴을 사진에 담아 액자에 고이 넣어 방 안 벽에다 걸었더니 주름살에 덮힌 힘없는 눈길로 말없이 그 액자를 적막하게 바라보기만 하였다.

장맛비가 지루하게도 퍼붓던 초여름에 장인은 그토록 그리워하던 처남이 죽은 한날한시에 조용히 눈을 감았다. 단장지애(斷腸之哀). 인간의 자식에 대한 사랑은 그 어떤 사랑보다 넓고 크다지만 세상에 이런 일이 생길 수가 있나 하는 의아심마저 들었다. 이런 사랑을 헤아릴 수 있다면 얼마나 좋을까 싶지만, 애석하게도 자식들은 잘 모르고 살아간다.

장맛비가 개인 이른 아침, 온 천지를 여름 안개가 포근히 감싸고 있다. 상여가 벽에 걸어두었던 사진을 앞세워 안개 속으로 사라질 때, 나는 전대를 허리춤에 차고 이 층으로 지어진 꽃상여 뒤를 따르면서 띠와 수실 드림으로 치장한 휘장에 저승길 노자로 푸른 지폐를 한 장 두 장 꺼내어 매달아주었다.

가족의 흐느낌이 커질 때마다 지폐는 상여를 아름답게 장식하였다. 불러도 대답 없고, 잡아도 소용없기에 우리는 장인을 산으로 보내드렸다. 장인은 삶에서 무엇을 구했을까? 장남에 대한 애절한 그리움을 구했을까? 인간의 도리와 가족에 대한 사랑을 구했을까? 그 구함 이후에는 안태 고향인 큰 산의 아버지(岳父)가 되어 산새와 들꽃과 함께할 것이다.

돌아가신 뒤 유품을 정리하고 도배를 하기 위해 장판을 걷어치우니, 장인께서 웅크리고 누워계셨던 그 자리 밑에는 깨끗한 돈이 정갈하게 깔려 있었다. 아마도 자식들을 위한 것이리라. 내가 드린 용돈도 그중에 있었을까? 지금은 장판과 벽지가 바뀌었지만, 가끔 나는 아무도 눈치 채지 못하게 그 자리에 누워 다만 온몸으로 장인의 체취를 느끼곤 한다.

이런 일련의 사연을 가슴에 묻고 살아온 장인어른의 가족사랑은 남달랐을 것이다. 열 손가락 깨물어 안 아픈 손가락 없듯이 곱게 기른 딸을 시집보내는 결혼식장에 신랑이 나타나질 않았으니 얼마나 노심초사하였을까? 어디선가 희미하게 들려오는 사이렌 소리를 듣고는 경찰서에 신고까지 하려고 했다니 장인의 생애에 비추어 볼 때, 본의 아니게 끼친 걱정에 가슴이 에인다. 이제는 그리움의 정을 채워주고 삶에 대하여 훈계해줄 어른도 없다. 내가 조금 더 가까이 다가서기도 전에 정을 떼시니 살아생전에 섬기길 다하지 못한 이 불효는 어이할까? 세월이 많이 흘렀지만 나는 그리울 때 가끔 장인을 만나러 산으로 간다.

자전거에 관한
단상

　아들이 자전거를 사달라고 조른다. 사주어야겠다는 마음은 먹고 있었지만, 최근에 경제적 형편이 나빠져 아파트 단지 내에 버려져 있는 고물 자전거를 구해 수리하여 초등학생인 아이들과 내가 타고 다닌다. 쉬는 토요일에는 새벽에 일어나 운동 삼아 자전거를 타고 시내의 공원과 박물관 앞으로 나들이를 가는데 아이들이 좋아하고 나 또한 옛날 생각이 나서 좋다.

　내가 아이만 할 때, 집에는 아버지의 고물 자전거가 한 대 있었다. 약주를 좋아하는 아버지는 자식 욕심 또한 대단하여 늦게 아들을 본 게 지금의 나다. 그리하여 늘 세상에서 제일 사랑한다는 말로 고물 자전거에 태워 주막으로 가곤 했다. 거기에 가면 아버지의 친구들은 나를 보고 으레 "고놈 참 잘 생겼다."라고 했고 가끔은 동전을 손에 쥐어주었다. 이때의 아버지의 동태를 슬쩍 살피면 가게의 아주머니를 불러 술과 안주를 더 시킨다든지 미소를 머금은 얼굴로 먼 산을 바라보고 있었다.

한번은 오일장에 갔다 오는 길에 아버지께서 약주를 많이 하여
불안한 마음에 자전거에 타기 싫다고 하였다. 그러나 막무가내로
나를 태우고는 집으로 오는 길에서 신작로인데도 제대로 운전을
못 하여 길옆 개구리와 미꾸라지가 놀고 있는 개울 속으로 빠져버
렸다. 시장보퉁이를 머리에 이고 오가던 아주머니들이 이 광경을
힐끔힐끔 보면서 웃음 참는 얼굴로 지나갈 때에는 무척이나 창피
하였다. 술에 취한 아버지보다는 내가 자전거를 끌고 가는 게 낫겠
다는 어린 생각에 고집을 부려 난생처음 자전거를 끌고 땀이 범벅
인 채로 집으로 돌아왔다. 이 모습을 보고 뒤따라오던 아버지는 어
떤 마음이었을까?

그날 이후 아버지의 허리춤을 잡고 등에 얼굴을 대면 옷에서 나
는 풀 먹인 냄새와 따뜻한 온기가 전해져오는 그리움을 뒤로하고
한동안 자전거 뒤에는 타지 않았다. 그럴수록 아버지는 나를 태워
어디론가 가기를 원했던 것 같다. 한복 위에 두루마기를 위로 접어
올려 허리춤에 묶고는 가냘픈 체격으로 자전거를 타고 어디론가
집을 나서는 뒷모습과 마당 가에 산그늘이 질 때 불콰한 얼굴로 기
분 좋게 집으로 들어서던 모습은 아직도 내 눈앞에 그림처럼 그려
진다.

세월이 지나 집에서 몇십 킬로미터나 떨어진 중학교에 진학하
게 되었다. 걸어서 등하교하기에는 너무 먼 거리였기에 자전거로

통학하기 위해 혼자서 타는 방법을 열심히 익혔다. 뒤뚱뒤뚱 어설프게 자전거 타는 방법을 배웠을 때, 큰형이 새 자전거를 사주어 친구들의 부러움을 한껏 받았던 그때의 기분은 잊을 수가 없다.

중학교 입학식 하던 날, 새 자전거를 타고 집을 나서는 내리막길에서 신통찮은 운전실력 때문에 과속이 일어나 길옆 도랑으로 처박히고 말았다. 겨우 일어나 아픈 몸을 이끌고 학교에 갔다 왔다. 내 몰골을 본 아버지가 넌지시 다친 곳은 없느냐고 물으신다. 아침 일찍 들에 나가 일하던 아버지가 중학교에 처음 등교하는 아들의 모습을 멀리서 지켜보다가 이 광경을 목격한 것이다. 이렇듯 아버지는 항상 보이지 않는 곳에서 관심과 걱정으로 내 곁에 머물러 있었다.

어제 가을비가 촉촉이 내려서인지 오늘 아침은 자전거 타기에 더없이 좋은 날씨다. 늦잠을 자겠다는 아이들을 깨워 자전거를 타고 공원으로 나갔다. 휴일 아침 옅은 안개가 서려 있고 단풍이 든 공원은 호젓하고 아름답다. 자전거를 타고 나지막한 계단을 내려가 빗물이 웅덩이처럼 고여 있는 길을 지나서, 공원을 한 바퀴 도는 경주를 몇 번 하였고, 져줄 수도 있었지만 내가 모두 이겨버렸다. 이에 철없는 떼쟁이 아들놈이 승리욕심에 한번 이겨 보겠다는 의지로 재시합을 요구해 못 이기는 척 시합에 들어갔다.

계단을 통과하고 물웅덩이 앞에 다다르자 아들놈이 엉덩이를 안장에서 떼고는 벌떡 일어서서 페달을 힘차게 밟자 앞바퀴가 쭈르륵 미끄러지면서 순식간에 앞으로 꼬꾸라져 물속에 엎어지고 말았다. 일순간 머리카락이 쭈뼛 서면서 숨이 탁 막혀왔다. 어찌할 줄을 몰라 지켜보고 있는데, 꿈지럭거리며 공원 잔디밭 위로 기어가 물에 빠진 생쥐 꼴로 오만상을 찌푸리며 왼쪽 다리를 움켜쥐고 앉아 파르르 떨고 있었다. 다가가 바지를 걷어 올리고 보니 까진 무릎의 하얀 속살에서 피가 송골송골 돋고 있었다. 다리를 굽혔다 폈다 해보라고 하니까 아프다면서 힘들게 해 보였다. 경험으로 진단을 내려보니 크게 다친 것 같지는 않았다.

그런 감이 들자 조금 전 걱정했던 마음과는 정반대의 마음이 들어 알밤을 한 대 쥐어박고는 사내자식이 칠칠치 못하게 이런 곳에서 넘어진다고 타박을 하자, 그때야 아픔을 참지 못하고 감정이 북받쳐 올라 눈물을 찔끔거린다. 집에 와서 적당히 치료를 해주었더니 까진 무릎을 내놓고 눈물 자국이 말라붙은 채로 소파에 반듯이 누워 잠이 들었다.

잠든 모습을 물끄러미 쳐다보니 몇 년 전 내가 아이에게 자전거 타는 방법을 가르치던 때가 생각난다. 또래의 친구들이 자전거 타는 모습을 부러운 눈으로 바라보며 주변에서 혼자 놀고 있는 모습이 보여 아버지의 역할을 제대로 하지 못한다는 죄책감을 가지고 있던 차에 아이의 이모가 보조바퀴가 달린 조그만 자전거를 사주

었다. 어릴 적 보조바퀴 없이 넘어지면서 단숨에 자전거를 배웠던 기억의 소치로 보조바퀴를 떼고 아이를 태워 뒤에 붙어 있는 짐판을 잡고 비틀비틀 따라가면서 큰 기대로 가르쳤는데 받아들이는 속도가 영 시원찮다.

넘어지는 쪽으로 핸들을 돌리고 중심을 바로잡은 채로 페달을 밟으면서 나아가라고 일렀건만, 핸들은 움직이지 않고 엉덩이만 자꾸 오른쪽 왼쪽으로 돌린다. 이에 화가 나서 돌아가는 엉덩이를 사정없이 손으로 때렸더니, 밤에 잠잘 때 엉덩이가 아파 엎어져 자는 모습과 현재 똑바로 누운 모습이 대비되어 기분이 씁쓸했다. 한 번쯤 경주에서 져주고 조금 못해도 "잘한다.", "역시 내 아들이야." 하면서 칭찬의 말로 자전거 타는 방법을 가르쳤더라면 하는 아쉬움과 함께 인정없이 매몰차게 굴었다는 마음으로 가슴이 짠하다.

지금의 위치에서 가만히 되돌아보니, 내가 지금 내 아이들에게 하는 행동이 옛날 아버지께서 나에게 한 것과 똑같다는 생각이다. 그 당시에는 아버지가 자식 사랑의 표현으로 그렇게 하였다지만 정말 미웠다. 이 미운 짓을 똑같이 반복하는 이유를 나도 모르겠다. 부전자전으로 아버지의 피를 물려받아서일까! 아니면 동물적 본능으로 강하게 키워야 한다는 바람 때문일까! 알 듯 모를 듯 그 무엇이 있는 것 같기도 하지만 느낌이 잘 오질 않는다. 이것이 진정한 부정(父情)인지도 모르겠다.

자전거의 앞바퀴는 넘어지지 않게 중심을 잡기 위해 구불구불 앞으로 나아가지만, 뒷바퀴는 그 구불거림에 아랑곳하지 않고 앞바퀴의 자국을 따라간다. 자갈길로, 흙탕길로, 포장길로 어디든지 따라간다. 이 자전거가 내는 바퀴의 자국은 대(代)를 이어나가는 삶의 자국과 닮아 있어, 앞을 바라보고 열심히 인생의 페달을 밟는 자전거를 타는 사람이 되어야겠다.

다가오는 토요일 새벽에는 박물관 앞 사색(思索)의 거리로 잠을 쫓지 못한 아이들과 자전거를 타려 한다. 치우지 않아 바람 따라 뒹구는 낙엽, 여름 무더위를 이겨내며 할 일을 다 하고 겨우 매달려 있는 노랗게 물든 은행잎, 빨갛게 물든 단풍잎으로 가을의 풍경이 아침햇살로 눈부실 것이다.

홍수

　　점쟁이는 항상 물을 조심하라고 했다. 6월을 지나
면서 장마철에 접어든다. 대체로 7월 중순쯤 되면 장마가 거세지면
서 시골 마을엔 첫물이 졌다. 낙동강의 둑이 무너져 내려 수박과 가
축이 둥둥 떠내려오고 물가 풀숲엔 물뱀이 무리를 지어 기어 다니
고 있었다. 흙탕물의 바다엔 우듬지만 삐쭉 내밀고 있는 미루나무
가 보이고 꽤 높은 지대에 있는 벼도 잎 끝만 남기고 다 잠겨버린
다. 사라진 들판에 동네어른들은 어찌할 바를 몰라 혀만 끌끌 차고
있었다. 내 고향은 순박한 사람들이 농사를 짓고 살아가는 평화로
운 동네였으나 주변에 낙동강과 우포늪을 비롯하여 크고 작은 늪
이 여럿 있어 홍수가 잦았다.

　　어른들은 비가 오고 물이 들면 집 바깥에 나갈 수 없으니 농기구
를 손질하면서 하늘을 쳐다보고 구멍 난 하늘이 메워져 비가 그치
기를 기도한다. 적당한 비는 싹을 틔우고 만물을 자라게 하여 풍요
의 원천이라는 점에서 긍정적인 측면이 많다. 하지만 그것이 너무

지나쳐 장마가 되어 홍수를 부를 때의 부정적인 측면도 만만찮다. 전자에서 생활의 넉넉함과 비가 주는 푸릇하고 아름다운 생명 탄생을 발견한다면, 후자에서는 마을과 길을 파괴할 뿐만 아니라 사람들을 고립시키고 천지변혁의 의지를 드러내는 하늘의 징조로 나타나 많은 생명을 앗아가기도 한다. 인명은 재천이라고 했던가?

장마가 물러가면 본격적인 더위가 시작되고 친구들은 더위를 피하여 삼삼오오 모여 낙동강으로 미역을 감으러 갔다. 홍수 뒤에는 낙동강 본류에서 다시 작은 강인 지류가 생겨났다가 없어지곤 하였으며 이를 중강이라고 불렀다. 초등학교 저학년이었던 나는 수영을 할 줄 몰라 중강 얕은 곳에서 땅을 짚고 헤엄치면서 놀았다. 한 번은 조심하지 않아 발을 헛디뎌 미끄러지면서 물속 깊이 팬 웅덩이 속으로 빠지고 말았는데 숨을 참으며 개헤엄을 쳐보았지만, 몸은 자꾸 깊은 곳으로 빠져들고 귓속은 붕붕거리면서 물배만 불러왔다. 몇 번 바닥에 발끝이 닿고 바닥을 있는 힘껏 차오르기를 수차례 반복하다가 정신을 잃고 말았다.

다시 정신을 차렸을 때는 누워 있는 내 뺨을 때리는 청년의 얼굴이 보이고, 주위를 빙 둘러 동네 어른들과 친구들이 서 있었다. 그 가운데서 콜록거리며 나는 입으로 오물을 토하며 눈물을 흘리고 있었다. 물에 빠져 떠내려가는 나를 동네 청년이 뛰어들어 건져 올려 응급처치를 하는 중이었다. 조금만 늦었어도 나는 낙동강 물귀

신으로 살아가고 있을 뻔했다. 생명의 은인인 그 청년을 지금도 잊지 못한다. 그 뒤로 한동안 물에 빠진 꿈을 계속 꾸며 죽기 직전의 공포감으로 밤마다 잠을 못 이루어 힘들어했다. 붉은 흙탕물 속으로 끝없이 빨려들면서 익사하지 않으려 발버둥을 치다가 벌떡 깨어나는 꿈의 뒤에는 홍수처럼 땀을 쏟아낸 내가 멍하니 앉아 있기도 했다.

요즘에도 여름철이 되면 익사사고가 자주 일어나는 것을 여러 매체를 통해 접한다. 조심하지 않은 조그만 실수로 유명을 달리하는 경우가 많다. 신중하지 못한 행동으로 목숨을 잃기엔 감당해야 할 아픔이 너무 크다. 장례식장에 조문을 가면 나이가 든 사람은 하나같이 굳은 표정으로 멍하니 앉아 있는 슬픈 모습이고, 이와 다르게 어린아이들은 끼리끼리 모여서 장난치며 웃고 있는 천진한 행동을 종종 본다.

우리는 나이가 어릴수록 생명이 귀한 줄 모르고 살아간다. 당싯거리며 젖을 빨고 있는 어린아이는 죽음의 큰 의미를 모른다. 죽음이 무엇인지도 모르는 남겨진 아이들을 보면 괜스레 소삼하다. 죽은 사람은 대개 효자 아들로, 성실한 아버지로, 자상한 남편으로, 심성이 착한 친구로 산사람들의 입에 오르내리다가 잊힌다.

서둘러 죽는 생은 왠지 모르게 애고롭다. 가을 햇볕에 밤송이가 아람으로 벌어져 알밤이 떨어지듯 제때에 떨어지면 좋으련만 뚝기로 떨어져 버렸다. 다만 조심하고 한 번 더 깊이 생각하였다면 이런 결과가 있었을까? 영원한 것이 없다 하더라도 세월이 흘러 죽음에 이르러야지 큰일 내는 홍수에 운명을 맡겨서야 되겠는가. 하늘도 매사에 잘못이나 실수가 없도록 말이나 행동에 마음을 쓰는 사람의 목숨은 함부로 빼앗아 갈 수 없기에 인명은 재천이라는 가혹한 말은 믿지 않으려 한다. 그 대신 홍수에 떠내려가면서도 가물 조짐이라고 하는 사이비 점쟁이의 말이라도 여름철 물 조심하라는 말은 믿어야겠다.

채란의
추억

      남이 보기에는 부질없는 짓이지만 소심한 성격인 내가 그 무엇과도 비교할 수 없을 정도로 관심과 열정을 기울이는 것이 난 기르기이다. 나는 근심을 던져버릴 가벼운 뜻으로 종종 채란을 나갔다.

      모년 모월 모일 명품 난이 많이 나온다는 전라도 깊은 산골 목적지에 도착하여 채란에 들어갔다. 나는 혼자서 산세가 조금 유순한 낮은 곳에서부터 변이종을 찾기 시작하였다. 사방이 민춘란뿐인 곳에서 한 시간 남짓 반복된 행동 탓에 팔다리도 아프고, 어제 어설프게 설친 잠도 오고 하여 양지바른 곳에 배낭을 벗고 자연을 벗 삼아 앉았는데 가을 날씨가 매우 좋다. 하염없이 높은 파란 하늘, 산등성이마다 호피반(虎皮班)처럼 기가 차게 발색되는 나뭇잎, 이름 모를 들꽃, 향기로운 바람과 거기에 즐거운 새소리까지 들려온다. 에덴동산이 이만할까?

      모든 것을 자연에 내맡기며 배낭에서 물을 꺼내 마시려는 그때에 조금 떨어진 곳에서 부스럭거리는 소리가 난다. 일행 중의 한 사람으로 알고 같이 물이나 한 모금 나누어 마실까 하여 인기척을 내면서 다가가는 순간, 아니 이게 뭔가! 주금색화(朱金色花) 빛깔을 한 송아지만 한 멧돼지가 나에게 다가오고 있었다. 아니, 엎어지면 코 닿을 곳까지 와 있었다. 혼비백산하여 고함을 꽥 지르며 약 십여 미터를 도망가 주위의 큰 소나무 위로 기어오르고 보니, 온 산속에서 "우두둑 우두두둑" 하는 소리가 들렸다.

졸지에 당한 일이라 나무 위에서 정신을 차리고 주변을 둘러보았다. 주금색 멧돼지 옆엔 흐릿한 회색의 송아지만 한 멧돼지가 한 마리 더 있고, 그 옆에는 자색화(紫色花) 색깔에 약한 줄무늬가 든 새끼 멧돼지 서넛 마리가 인기척에 놀라 이리저리 날뛰고 있다. 가족처럼 보이는 이 멧돼지들도 좋은 날씨를 벗 삼아 산 아래 채마밭으로 소풍을 내려온 마당에 뜻밖의 손님을 만난 것 같았다. 벌써 저 아래 채마밭이 엉망이 되어 파헤쳐져 있는 광경이 나뭇가지 사이로 설핏설핏 보인다.

소나무에 매달려 커피 한 잔 마실 정도의 시간을 흘려보냈다. 멧돼지들은 꿀꿀거리며 여유롭게 왔다 갔다 하면서 도무지 가지를 않고 있다. 이를 보면 나에게 별다른 감정은 없어 보이지만, 불안하기는 그지없다. 약 삼 분쯤 더 지나 배에서 꼬르륵하고 소리가 나면서 배가 고프다는 것을 느끼는 순간, 어슬렁거리는 멧돼지의 엉덩이를 보고 군침이 도는 것은 또 무슨 조화인지 모르겠다. 하다못해 제일 작은 새끼 멧돼지 한 마리만이라도 잡아 세 살배기 자식 놈이랑 구워먹었으면, 내가 잡아먹었을 경우 어미 돼지의 슬픔은 얼마만큼일까, 새끼들을 위한 아가페적인 사랑은 인간보다 더 크겠지, 잡을 수만 있다면 송두리째 잡아 팔면 중투호(中透縞)나 홍화(紅花) 몇 화분은 족히 살 텐데 하는 생각 등, 찰나에 오만 가지 생각이 주마등처럼 지나가고 있었다.

이래서는 안 되겠다 싶어 한 발로 소나무를 탁탁 내리 차고 한 손으로 가지를 흔들면서 "휘이! 휘이!" 하고 겁에 질린 목소리로 고함을 질렀다. 그제야 뒤뚱거리며 멧돼지 가족은 주금색 멧돼지가 선두가 되어 산 위로 모습을 감춘다. 멧돼지의 그림자가 내 시야에서 완전히 없어진 후 벌렁거리는 가슴을 추스르고 조심스레 소나무에서 내려왔는데, 나무 위에서는 느끼지 못했던 통증이 온몸에서 느껴졌다. 급하게 나무에 오르느라 무릎과 팔 등에 군데군데 상처가 나 있었다.

무심결에 일어난 황당한 일로 채란할 마음을 뒤로하고 다시 만날까 두려워 멧돼지가 올라간 반대편으로 비스듬히 내려와 어느 이름 모를 무덤가에 앉아 이런저런 생각에 잠겨본다. 땅벌을 만나 도망가고, 토끼를 보고 쫓아가고, 독사를 만나 질겁하고, 산도라지를 캐고, 밤을 줍고, 감을 따고, 깊은 골짜기 맑은 물도 마시고, 이번엔 멧돼지를 만나 나무 위로 올라간 일을 떠올리니 입가에 미소가 절로 생긴다.

산에서 내려오니 모이기로 한 장소엔 붉게 물든 낙엽이 먼저 도착하여 반긴다. 눈을 감기게 하는 햇살과 낙엽을 벗 삼아 일행이 내려오길 기다려 멧돼지 만난 이야기를 하였더니, 어떤 사람은 산짐승은 사람 발걸음 소리를 들으면 미리 도망간다고 하여 믿지 못하는 표정이었으며, 어떤 사람은 새끼를 기르고 있는 멧돼지는 사람에게 달려들 수도 있으니 조심하여야 한다고 하였으며, 어떤 사람은 좋은 경험을 하였다며 앞으로 멧돼지 꿈을 많이 꾸어 좋은 일만 생기겠다는 덕담을 해주었다. 특히 산돼지에게 쫓기는 꿈을 꾸고 아들을 낳는다면 꿈속에서는 고생했을망정 후에 큰 인물이 될 아주 좋은 꿈이라는 등 여러 가지 이야기가 오고 갔다. 하여튼 농작물에 피해를 주고 고속도로 위와 서울 도심 한가운데도 출몰하는 멧돼지는 조심하고 볼 일이다.

난과 자연을 사랑하는 선후배와 동료의 도타운 사귐이 금란지교라 했던가! 나는 이런 자연인들이 좋다. 아직 일행 중 한 명이 내려오지 않아 기다림으로 이어졌다. 조금 있으니 나머지 한 명이 내려와서는 변이종은 찾지 못하였다고 하면서, 제일 높은 산 밑을 손가락으로 가리키며 저기에 조그만 멧돼지 농장이 있는데 며칠 전에 멧돼지 한 가족이 우리를 부수고 도망을 갔다면서 농장 주인인

초로의 부부가 집 나간 자식 기다리는 심정으로 사립문 밖에서 눈물을 흘리고 있더라고 했다. 농장 주인은 멧돼지와 해후를 할 수 있을까? 해후하였으면 좋으련만, 이런 기다림에 대한 해후는 맑고 드높은 난의 향기로만 이루어질 것 같아 안타깝기만 하다. 다음 채란 때에는 꽃이 청초한 소심(素心)을 만나고 싶다.

무늬쥐똥나무

보통의 정도를 뛰어넘어서 뭔가 특별한 것을 좋아하는 사람이 있다. 나도 그중 한 사람이다. 특히 변이종 식물을 좋아하는데, 가령 동백나무 초록색 잎에 노란색 무늬가 들었다든지 잎의 끝 모양이 뾰족하지 않고 사자의 갈퀴 모양으로 찢어져 기형이라든지 꽃이 여러 가지 색깔로 핀다든지……. 어떤 때에는 종일 야생화를 파는 꽃집을 순회하면서 변이종의 매력에 빠져 보낼 때도 있다. 이런 연유로 등산할 때도 길을 갈 때도 변이종을 찾기 위해 주위의 나무와 풀을 꼼꼼히 관찰하는 습관이 생겼다. 습관은 결핍을 벌충하기 위해 손톱을 물어뜯는 일처럼 학교에 가서 배우지 않아도 몸에 잘 뱄다.

요즈음은 예전과 달리 토요일은 학생들도 학교에 가지 않는다. 공부에 매여서 학교와 학원만 오가는 청소년들에게는 아주 잘된 일이라고 생각한다. 개인적으로는 이날이 아이와 함께 목욕탕에 가는 날이기에 잠깐이나마 대화를 할 수 있고 서로 등을 밀어주기에 나에게는 더없이 기다려지는 날이다.

　4월 어느 토요일, 거북공원을 거쳐 목욕탕엘 갔다 오는 길이다. 습관적으로 주위의 나무를 관찰하는데 울타리로 심어져 있는 수많은 쥐똥나무 중 파릇파릇 새로 돋아 나오는 잎에 얼룩얼룩한 흰색 무늬가 들어 있는 나무가 눈에 확 들어왔다. 이상에서 볼 수 있는 고운 무늬가 현실세계에 나타나 있었다. 언뜻 보아도 분명히 변이종이다. 우선 눈여겨 봐두었다가 혼자 삽과 괭이를 챙겨 나무를 채취하러 갔다.

　행인을 피해 아무도 모르게 재빨리 흙을 파고 나무를 뽑으려는 순간에 언제 왔는지 뒤에서 등산배낭을 멘 할머니가 "거기서 뭐 합니까! 공원의 나무를 함부로 파 가면 안 됩니다." 하면서 버티고 서 있었다. 깜짝 놀라 우물쭈물하면서 몸 둘 바를 몰랐다. 이럴 때일수록 당황해서는 안 된다는 생각이 들어 도리어 할머니께 "저는 공원을 관리하는 사람입니다. 울타리가 너무 촘촘하게 심어져 있어 고르고 있습니다. 할머니는 참견하지 마시고 그냥 가던 길 가십시오." 하니 별 희한한 인간이 다 있다는 듯이 고개를 갸우뚱거리면서 힐끔힐끔 돌아보며 지나간다. 얼굴이 불 맞은 듯 뜨거워지고 잠시 침묵으로 멍하게 서 있는 곳으로 잔인한 4월의 바람이 훅 불어온다.

　깊이 사고하지 않은 행동으로 양심의 가책이 되는 일을 저질러 기분이 찜찜했다. 쥐똥나무를 잘 가꾸어 공원과 길의 경계를 이루는 울타리를 함부로 훼손하고 보니 혹여 내가 허문 이곳으로 짐승이나 지각없는 사람들이 지나다녀 샛길이 생기고 깨끗한 공원이 더럽혀지지나 않을까 염려되었다. 쥐똥나무 주위를 원래대로 해놓고 편치 못한 마음과 죄스러움에 잘 살길 바라며 몇 번씩이나 그곳을 뒤돌아보았다.

쥐똥나무는 얼마지 않아 작은 흰 꽃을 피우고 바람에 일렁이며 향기를 뿜어 길가는 사람들을 상쾌하게 할 터인데 꽃을 제대로 피울지, 쥐똥 같은 열매를 달 수 있을지 걱정도 되었다. 울타리로 자리하고 있는 동안에도 추운 겨울을 묵묵히 건너왔을 무늬쥐똥나무의 내력을 너무 몰랐다. 내가 조금만 더 생각하였다면 봄을 맞아 꿈틀거리는 뿌리를 다치게 하지는 않았을 것이다.

집에 돌아와서 내가 한 일련의 행동과 이기적인 소유욕 등에 대해 반성을 하면서, 언제쯤 거짓과 물욕이 없는 사람이 될 수 있을까 하는 의문을 가졌다. 세상일에 대해 무관심과 보복 등의 이유로 그릇된 일과 행동을 보고도 지나치는 것이 요즘의 세태다. 그러나 관심을 두고 한마디 해준 용기 있는 할머니의 행동은 무관심으로 살아가는 나에게 큰 깨달음도 주었다.

만약에 할머니께서 그냥 지나쳤다면 나의 행동은 당연시되어 이런 일을 계속 저지르며 살았을 것이다. 인간으로 태어나 고개

들어 하늘을 바라볼 면목이 없었다. 나만의 생각으로 오로지 특별한 것만 좋아하여 독선에 빠진 대가가 이렇게 크게 되돌아올 줄 몰랐다.

무언가 특별한 것을 좋아하는 사람들은 그렇게 함으로써 고상해 보이고, 사회적 지위나 자존심이 고양되는 것으로 생각하는 때도 있는데 이것은 크나큰 잘못일 수 있다. 한쪽으로 치우치지 않는 평상심인 보통의 도(道)를 중용(中庸)이라고 한다면, 인간의 본성은 천부적(天賦的)이기에 그 본성을 따라야 한다. 본성에 따라 행동하는 것이 인간의 도이며, 배움으로써 도가 닦인다.

돌이켜 보면 나는 배움이 모자라 중용의 도를 저버린 본성에 어긋나는 행동과 욕심으로 지금까지 무모하게 삶을 살아온 것이다. 공자(孔子)가 그토록 꿈꾼 "종심소욕불유구(從心所慾不踰矩)" 즉 하고 싶은 대로, 마음먹은 대로 해도 울타리를 넘지 않는 자유의 경지에 과연 도달할 수가 있을지.

표고버섯과
표충사

바람에 낙엽이 갈 길을 잃고 방황하는 가을날, 우리는 정기 산채를 밀양의 표충사 근처 산으로 떠났다. 싫증이 날만도 한데 봉고차 안은 난의 안부를 묻는 것으로 시작하여 온통 난 이야기뿐이다. 앞좌석부터 면면을 살펴보면 직업이 운전기사, 농부, 경찰, 사장, 선생, 교수, 회사원 등 정말 다양하다. 이렇듯 난을 좋아하고 사랑하는 데는 직업의 귀천이 없다. 한 가지 공통점은 구수한 사람의 냄새를 풍긴다는 데 있다.

박 사장의 중투 밭이 있는 밀양 한 야산의 초입에 도착하여 채란 후 모이기로 한 시간과 장소를 정하고 명품을 캐겠다는 희망을 안고 산에 올랐다. 여름비에 부쩍 자란 돌부리가 솟아오른 길을 따라 한 줌 흙으로 돌아가 이름도 없는 무덤을 지나서 숲에 들어 변이종을 찾았다. 산허리쯤에 오르니 시원한 그늘과 바람이 드는 휘휘한 곳이 나온다. 그곳은 군데군데 참나무 등걸이 어지럽게 흩어져 있고 간혹 조그만 버섯이 찢어진 삿갓을 쓰고 붙어 있어 수확을 마친 것으로 보이는 표고버섯 재배장이었다. 버섯은 질긴 생명을 부지하려는 듯 가을의 꽃도 가을의 나무도 아닌 초라한 할아버지의 풍신으로 사색에 든 모습이다. 그래도 가을이 향기로운 것은 쪼그라들며 피워 올리는 버섯의 향기 때문이 아닌가 한다.

그냥 지나치려 하였으나 마누라가 끓여주는 구수한 냄새의 된장찌개 속 표고버섯 생각이 나서 무심결에 버섯을 한두 개 따서 주머니에 집어넣었다. 일순간 "그 잠깐만 봅시다." 하는 묵직한 목소리가 뒤에서 들린다. 깜짝 놀라서 돌아다보니 연세가 많으신 할아버지 한 분이 눈을 부릅뜨고 노려보고 있다. "당신 나랑 같이 경찰서에 갑시다. 내 이 두 눈으로 똑똑히 봤어. 남의 농산물을 왜 도둑질해!" 하면서 다짜고짜 옷자락을 잡아끌었다. "어르신 죄송합니다. 수확이 끝난 줄 알고 이삭줍기로……." 하고 머뭇거리자 "수확은 무슨 수확, 도둑놈이 다 훔쳐 갔어. 당신이 그 도둑놈이지? 빨리 경찰서로 가." 하면서 팔에 힘을 주어 옷자락을 끌었다. 까딱 잘못하다간 도둑 누명을 쓸 것 같아 덜컥 겁이 나는 찰나에 삼십육계가 스쳤다. "어르신 죄송합니다." 하고는 잡힌 옷을 홱 뿌리치고 산 위로 냅다 뛰었다.

한참을 달려 주위를 보니 아무것도 보이지 않고, 등과 이마에서는 식은땀이 줄줄 흐르고 있었다. 다만, 경찰인 회원 한 사람만 떠오를 뿐이다. 그 이유는 소위 아는 사이로 나의 처지를 도와줄 것 같고, 표고버섯을 훔쳐간 인간 이하의 악랄한 도둑놈을 꼭 잡아서 할아버지의 원을 풀어줄 것 같아서였다. 이후 정신없이 산속을 헤매다 보니 어느새 내 몸은 표충사 절 가까이에 와 있었다. 아마도 부처님이 사악한 욕심을 버리라고 인도하신 것으로 헤아려 절 안으로 들어갔다.

종교는 없지만 나는 부처님께 빌었다. "고백하면 나는 심보가 무거워지는 죄를 지었습니다. 잠시나마 욕심을 부려 버섯 할아버지의 마음을 상하게 한 행위를 용서해주십시오. 내가 한 짓을 돌아보며 나로 상처 입은 할아버지께 용서를 빕니다. 난을 사랑한다는 핑계로 도둑질하지 않겠습니다. 앞으로 세상을 사랑하며 살겠습니다." 용서를 받아야 하는 마음은 그 무엇보다도 간절했다.

마음을 추스르며 절 구경을 하고 상쾌한 기분으로 모이기로 한 장소에 도착했다. 이런 일이 있었던 줄도 모르는 야속한 황 총무는 산꼭대기 임자 없는 야생 감을 한 배낭 따 와서는 즐거운 표정으로 회원들에게 맛있다면서 나누어주고 있었고, 중투호를 캔 박 사장은 밝은 표정이었다. 대신 심성이 여린 최 교수는 표정이 어두웠다. 이유인즉 나와 마찬가지로 버려졌다고 판단된 버섯 몇 개를 따다가 할아버지에게 현행범으로 잡혀 신상을 다 털렸다고 했다.

현행범은 죄가 더 무겁다는 말과 함께 앞으로 학생을 가르치는 처지에 누가 될까 봐 한숨을 쉬면서 태산 같은 걱정을 하고 있었다.

다행히 할아버지를 다시 만나 나쁜 사람이 아니라는 것을 증명하
고 걱정에서 풀려날 수 있었다. 순박한 농부의 농작물을 훔쳐가는
죄질이 나쁜 도둑놈 탓에 우리가 큰 누명을 쓸 수도 있었다는 상황
에 아찔하다. 표고버섯으로 인하여 표충사까지 흘러들어 간 나는
몸가짐을 조심해야겠다고 다짐을 했다.

　살다 보면 예상치 못한 곳에서 일이 일어나고 난관에 봉착한다.
사람들은 어떠한 난관에 부닥쳐 스스로 해결할 수 없을 때 해결해
줄 수 있는 사람을 먼저 떠올린다. 난을 취미로 하여 관계를 맺고
있는 사람 중에서 떠올렸다는 것도 일상의 위안이다. 어려움에 부
닥쳤을 때 어떠한 관계로 해서 떠오르는 사람은 자신들이 가진 그
무엇을 공유하는 하나의 인격이 성립되었음을 뜻하기도 할 터인데
사람이 아닌 표고버섯과 표충사는 과연 어떤 관계일까?

착각

    살다 보면 사실을 인정하기 싫어 "착각"이었으면 하는 일이 종종 발생한다. 이는 착각으로 연유해서 좋은 일이 생기는 예도 있지만 좋지 못한 일이 생기는 경우가 많기 때문이다. 나이가 들어가면서 빈도수가 늘어나는 현실로, 이는 피해 갈 수 없는 것 같다. 대체로 남자는 여자의 조그만 친절을 사랑으로 착각하는 경우가 그렇고 남자는 가벼운 인사말로 예쁘다고 했으나 여자는 실제 예쁜 것으로 착각하는 경우가 그렇다.

    저녁 어스름에 아내와 둘이 가까운 연지공원으로 운동을 갔다. 연지공원에는 음악 분수가 있고 숲길 사이로 공원 둘레를 도는 조깅코스가 만들어져 있어 데이트하는 청춘남녀와 운동을 하는 시민이 많이 이용한다. 나도 주변의 풍경을 보면서 달리다 보면 어느새 땀이 흐르고 건강해지는 기분이 들어 종종 이용한다. 달릴 기회에는 잘난 맛에 살아가듯 내가 서너 발 먼저 달리고 뒤에 아내가 따라왔다. 꼭 도망치는 도둑과 잡으러 오는 경찰처럼 달리곤 하였다.

그날도 마찬가지로 그렇게 운동을 하는 중에 갑자기 뒤에서 따라오는 아내의 속도가 평소와는 달리 빠르게 느껴졌다. 그래서 뒤돌아볼 여유도 없이 헐떡거리며 앞으로 뛰어가고 또 따라오면 뛰어가는 그런 상황을 몇 번 연출하고 지쳐 쓰러질 지경이 되어서야 아내의 얼굴을 보기 위해 슬쩍 뒤를 돌아보았다. 그런데 당연히 있어야 할 아내는 보이지 않고 생머리에 운동복 차림의 낯선 여자가 따라오고 있었다. 그 여자는 나름의 운동법으로 일정한 속도로 달렸다. 추월하여 지나가려고 하면 죽을힘을 다해 앞으로 뛰어가는 비쩍 마른 남자를 보고 참 이상한 사람 다 보겠다는 듯이 내 얼굴을 힐끔 쳐다보고 지나갔다.

아내는 어디에 있나 하고 찾아보니 저 멀리서 이 광경을 다 지켜보고 혼자서 킥킥거리며 웃고 있었다. 재미있다는 듯 웃음소리가 멀리서 희미하게 들려왔지만, 나는 민망하여 고개를 들 수가 없었다. 그 여자는 나를 어떻게 생각하였을까? 너무나 부끄러워 쥐구멍이라도 찾아 들어가고 싶은 심정이었다. 나는 창피하였으나 아내의 웃는 모습에서 아내를 기쁘게 한 현실이 그나마 마음의 위안을 주었다. 내 뒤엔 언제나 아내가 따라오는 줄만 알고 먼저 달려나가는 착각을 하고 보니 허탈한 웃음까지 나왔다.

힘없이 고개를 드니 공원 입구 큰 소나무 아래에서는 기타 치고 노래하며 이웃돕기 성금 모금을 하는 청년이 보인다. 사람들은 모금함에 돈을 넣고 가며 이 돈이 누군가에게 한 끼의 식사가 되고 옷이 되고 잠자리를 마련해줄 것으로 믿는다. 이를 두고 "긍정적인 착각"이라고 한 내용을 책에서 읽은 기억이 난다. 이러한 착각을 하는 기특한 아량의 소유자들 때문에 아직도 세상은 살아갈 만하다고 했다.

더불어 심리학자들은 긍정적 착각을 하는 사람이 정신적으로 더 건강하고 행복하다는 데 의견을 모았으며 잘만 하면 몸에 이로운 게 착각이라고도 했다. 이런 일들은 모두 "나" 중심으로 세상이 돌아간다고 믿는 데서 생긴다고 한다. 자기중심성은 현재 우리의 생각을 규정하고 착각을 낳는 중요한 요인으로 작용한다고 했으며 이따금 우리가 사고하는 틀을 만들 뿐 아니라 보고, 듣고, 느끼는 것까지 지배한다고도 했다.

이런저런 구상에 미겔 데 세르반테스의 소설 『돈키호테』에 까지 생각이 미친다. 그 당시 한창 유행하던 기사(騎士) 이야기를 너무 많이, 많아도 아주 많이 탐독한 나머지 정신이상을 일으켜 자기 스스로 돈키호테라고 이름 붙인 사나이는 환상과 현실이 뒤죽박죽 되어 풍차를 거인이라 착각하고 덤비다가 말과 더불어 풍차의 날개에 부딪혀 멀리 나가떨어져버리는 등 기상천외한 사건을 불러일으킨다. 결국에는 친구 카라스코가 이성을 되찾아주어 자기 과거에 대해 모든 사람에게 용서를 빌고 자기의 재산을 친구들에게 골

고루 분배해준 뒤 경건하게 숨을 거둔다. 이 착각의 소설도 인류에
큰 즐거움을 주고 있다.

여기까지 생각하면 내가 돈키호테 같은 위인은 아닌지 의심스
러울 만도 하다. 긍정적인 착각은 해도 좋겠지만 심한 자기중심적
인 사고에서 나타나는 착각을 피하기 위해서라도 저녁 운동에서만
큼은 아내가 도둑처럼 먼저 달리고 내가 잡으러 가는 경찰처럼 따
라가는 역할 바꾸기를 해야겠다. 돈키호테에게 친구 카라스코가
있었듯이 나에게 아내가 있어 흐뭇한 날이다.

구멍 난 자루

"이번 백일장의 시제는 구멍 난 자루입니다."라는 목소리가 스피커를 통해 흘러나오자 내가 우리 아이들에게 읽어준 동화책 『산타할아버지의 구멍 난 자루』가 떠올랐다. 아이들은 성탄 전날 밤 산타를 기다리지만, 산타할아버지의 선물 보따리가 구멍이 나서 선물을 몽땅 잃어버리는 내용으로 남을 도우면 작은 산타가 된다는 것과 받는 기쁨보다 나눠주는 기쁨이 더 크다는 것을 가르쳐주는 책이었다.

해마다 모내기 철이 되면 일찍 돌아가신 아버지가 자전거에 싣고 온 구멍 난 쌀자루가 생각나서 나는 어린 시절로 되돌아가게 된다. 나도 이제 아버지가 되어서 식구들을 건사하는 일이 힘들다는 것을 조금은 안다. 그 궁핍한 시절 논을 팔아 산 쌀을 참새들에게 흘려주었으니 어머니와 식구들에게서 나오는 원망의 눈길을 어떻게 견디었을까?

아버지는 술과 글을 좋아하는 문약한 장손이셨다. 넉넉하게 살아오신 할아버지는 언제나 큰아들을 먼저 걱정하셨다고 했다. 일제강점기를 겪으며 대를 잇기 위해 징용에 보내지 않으려고 깊은 산 속에 숨겨놓고 노심초사 돌보기도 하셨다. 그리고 남에게 뒤처지지 않도록 많이 배우게 하셨지만, 정작 직업을 가지려 할 때면 약한 몸을 핑계로 만류하시고 당신이 부자이니 벌어놓은 돈으로 편하게 살라고만 하셨다. 이러하듯 아버지는 변변한 직업도 없이 배운 지식으로 남의 집 혼사에 사성(四星)을 써주고 동네 상가(喪家)에서는 호상(護喪)을 자임하여 이웃을 위해 소일을 하셨다.

벌이가 없는데다가 생활력마저 떨어져 할아버지가 물려주신 재산을 하나하나 처분하면서 살아갔다. 어느 순간 이마저 여의치 않자 몇 마지기 남지 않은 논에 직접 벼농사를 짓기로 하셨는데, 새벽에 일어나 자전거 짐판에 무거운 씻나락을 한 포대 싣고는 비틀거리며 논으로 나가시는 모습이 아직도 눈에 선하다.

안개 속으로 아침 해가 떠오르고 제비가 먹이를 찾아 날아다니는 논 위에서 씨를 뿌리며 가족을 위해 야윈 몸으로 일하시는 모습을 종종 보았다. 먹을 양식도 되지 않는 소출로 위태롭게 가정을 꾸려나간 것은 그나마 부지런함 때문이었다. 이는 내가 지금까지 살아가는 힘이 된다. 이렇게 몇 해를 잘 버티시다가 어느 해 큰 홍수가 들어 벼를 수확하지 못했다. 물먹어 허옇게 말라버린 벼 이삭은 겨울을 나면서 아버지를 무능으로 내몰았다. 식구들을 굶기게 된

아버지는 결국 마지막 남은 논마저 팔게 되었다.

한 해의 농사준비로 분주한 오월 어느 날, 아버지는 한복에 두루마기까지 깨끗이 차려입으시고 자전거를 타고 출타를 하셨다. 초등학생이었던 나는 그 모습을 보고 궁금해하면서 책 보따리를 어깨에 메고 학교에 갔다. 그 당시 아버지는 나에게 있어 동경의 대상이었던지라 크고 작은 행동 하나하나에 이상하리만큼 호기심이 일어나 학교에서도 공부는 되지 않고 온통 말쑥하게 차려입은 아버지 생각뿐이었다.

저녁 어스름이 내릴 때 아버지는 술이 거나하게 취한 상태로 자전거를 끌고 돌아오셨는데 집에 도착하자마자 "참! 이상도 하지, 작아도 알 잘 낳는 참새 몇 마리가 나를 졸졸 따라온 걸 보니 이젠 우리 집도 잘될 것이야." 하면서 한 말씀 던지셨다. 자전거 짐판에는 배가 홀쭉한 자루가 하나 실려 있었다. 아버지는 닭을 잡아 달걀을 꺼내는 그런 심정으로 어제 논 판 돈을 가지고 시장에서 쌀을 한 자루 사고는 가장의 역할이 힘들었던지 약주를 평소보다 많이 하여 취해 있었다. 그런 탓으로 오시는 내내 쌀자루에 구멍이 난 사실을 까마득히 몰랐다.

봄바람에 먼지가 이는 자갈길을 비틀거리며 자전거를 끌고 오시면서 자전거 바퀴가 돌부리를 넘을 때마다 덜컹거리며 쌀알이 조금씩 소리 없이 흘러내려 참새들은 이를 맛있게 쪼아 먹으며 따라왔던 것이다. 이런 사실을 모른 채 참새가 폴폴 따라와 무언가 좋은 일이 생길 것이라는 믿음으로 집에 오셨다. 그 궁핍한 시절 논 판 돈으로 쌀을 사 참새들에게 흘려주었으니 어머니와 식구들에게 원망의 눈길을 받았던 것은 당연지사였다.

아버지의 쌀자루는 산타할아버지의 구멍 난 자루처럼 쌀을 거의 다 길에 흘려버렸다. 대신 참새가 배불리 주워 먹었으니, 이것도 넓게 보면 큰 나눔이다. 그런 의미에서 아버지는 진정한 산타할아버지가 아니셨을까 하는 기분이 들어 아버지인 나는 아버지를 그린다.

면접인생

       대학입학 면접전형을 하루 앞에 두고 딸은 걱정된 모습으로 전전긍긍하고 있다. 면접이라는 혼자만의 일로 세상을 써갈 때 사람은 초조하다. 시간은 하염없이 가고 정답은 보이질 않고 갈 길은 멀기만 하다. 길 앞에 놓인 면접이라는 큰 산을 넘기 위해서 딸은 젖 먹던 힘까지 내어야 한다. 어차피 써야 할 인생이라면 결과에 연연하지 말고 즐기는 것도 하나의 방법일 텐데 아직은 어려서 터득하지 못했나 보다. 그저 가만히 지켜보는 일이 도움을 줄 듯하여 몸을 감춘다. 면접은 삶의 역사를 쓰는 일이기에 어지간히 어렵고 만만치가 않다. 나의 인생에서 면접의 역사는 어떻게 기록될까?

    나는 젊은 시절 군에 자원입대를 하기 위해 기술행정병으로 지원했다. 지원한 일련의 과정을 보면, 입대하는 친구를 기차역까지 바래다주고는 쓸쓸한 마음으로 정처 없이 걷는데 내 앞에 커다란 병무청 건물이 나타났고 게시판에는 모병공지가 붙어 있었다. 자격은 국가기술 자격증 소지자로 신체 건강한 자였기에 망설임 없이 지원했다. 지원자는 같은 병과에 대략 삼십여 명으로 기억이 난다. 삼 일에 걸쳐 필기시험을 치르고 국군통합병원에서 정밀 신체 검사를 받은 후 마지막으로 면접이 있었다.

면접을 치르는 날, 아침밥을 먹고 면접장으로 가려는 시간에 시골에 계신 아버지가 돌아가셨으니 빨리 고향으로 내려오라는 전화가 왔다. 슬픔도 슬픔이려니와 면접을 포기해야 하는 상황에서 고민하지 않을 수 없었다. 하지만 군에 가야겠다는 결심과 지금까지 거쳐 온 과정이 아깝기도 하여 면접을 마치고 내려가기로 정하고 면접장으로 향했다. 면접에서 선임 면접관의 첫 질문이 "양친 부모님은 살아 계시냐?"였다. 질문의 의도가 지금도 궁금하지만, 나는 울컥하는 슬픔을 꾹 참고 "오늘 아침에 시골에 계신 어머니로부터 아버지가 돌아가셨다는 연락을 받았습니다."라고 대답을 하였으며, 면접관은 "삼가 명복을 비네!"라고 하였다. 이것이 내 생애에서 첫 면접이었다.

나의 형편에서 면접관은 꼭 입대하겠다는 의지를 높이 평가해서인지는 모르겠으나 몇십 명의 경쟁자를 물리치고 아버지의 장례를 마치자마자 곧바로 군에 입대하였다. 돌이켜보면 그 당시 어머님의 슬픔을 위로해주지 못하여 죄송한 마음이 든다.

이렇게 첫 면접을 치른 이후 제대하여 직장을 구할 때도 일 년이라는 기간에 걸쳐 높은 지위로 올라가는 단계별 면접만 다섯 번 보고 합격하였다. 조마조마한 심경과 기다림의 연속이었으나 결국은 해냈다. 여기서 긴 기다림은 인내를 동반한다는 사실을 알았다. 아울러 인내는 발전을 동반한다는 사실도 알았다.

직장을 갖고 난 후 한 여자를 지인의 소개로 만났다. 결혼하기 위한 관문으로 상견례를 했다. 상견례도 인생에서 중요한 의미가 있는 하나의 면접이었다. 장모와 처남 될 사람 앞에서 자신을 내보이고 평가를 받아야 했다. 마른 몸에 보잘것없는 얼굴 생김새, 적지 않은 나이에 가난한 형편이었지만 무난히 승낙을 받았다. 성실한 모습을 보여주기 위해 노력하였고 처가에서도 그렇게 보았다는 것이 공통된 의견으로 훗날 귀에 들어왔다. 일생에서 새로운 상태로 넘어갈 때 겪어야 할 의식을 통틀어 우리는 ‘통과의례’라고 한다. 남자에게 제일 중요한 의식으로 병역을 마치고, 직장을 구하고, 결혼을 하는 통과의례엔 면접이 따랐고 나는 무난히 통과했다.

최근에 직장 내에서 승진면접이 있었다. 지금까지는 준비 없이 면접에 임했지만, 요즘은 세상이 많이 변하여 승진면접에도 많은 준비가 필요하다고 하여 예상되는 질문까지 뽑아서 예행연습도 하였다. 그러나 정작 실전에서는 마음이 떨려 제대로 답을 하지 못해 떨어지고 말았다. 면접에서 처음으로 탈락의 쓴잔을 마셨다. 현실을 받아들이기 어려워 떨어진 이유를 곰곰이 살펴보았다. 섣불리

메지 지어보면 불안한 마음으로 각본에 짜인 정답대로만 대답한 탓이 아닌가 한다. 예전엔 편한 마음으로 떨지 않고 정직하게 합격한다는 자신감으로 대답한 덕택이었으리라. 인생에 답이 없듯 앞으로 일어날 면접인생을 어떻게 써갈지 나도 모른다.

　우리는 살아가면서 입학, 취업, 결혼, 승진 등 수많은 면접을 거치고, 면접관이 될 수도 있다. 이처럼 면접은 항간에 깊숙이 들어와 있다. 면접에 임하는 준비도 필요하지만, 큰 면접을 앞둔 딸에게 이 말만은 해주고 싶다. "면접에서 합격할 수도 있고 탈락할 수도 있다. 이것은 나중의 문제이다. 긴장하지 말고 차분한 마음가짐으로, 내면에서 우러나오는 나름의 생각을 정직하게 결론부터 또박또박 대답하는 것이 중요하다." 강물을 거스를 수 없듯이 면접도 넘어야 할 산이다. 슬기롭게 넘어 고유한 삶의 역사로 기록되길 소망한다.

폐차장
가는 길

　　중고차를 헐값에 사서 강산이 변한다는 십 년을 넘게 탔다. 보기에 얼마든지 더 탈 수도 있겠다 싶어 정비공장에 들렀다. 이제는 조용히 쉴 수 있도록 해주는 것이 좋겠다며 정비사가 "정이 많이 들었겠습니다."라고 한마디 한다. 별안간 가슴이 찡해오며 눈물이 돈다. 직장을 구하고 결혼생활을 하면서 적은 월급을 조금씩 모아 처음으로 산 자동차인데 내 손으로 폐차해야 한다고 하니 마음이 아프다. 자동차를 몰고 추적추적 내리는 빗속을 뚫고 폐차장으로 가는 길이다. 길 위의 과속 방지턱을 넘을 때마다 파도처럼 꿈틀대는 지난 기억들이 아련히 떠오른다.

　　혼자 운전을 할 때 자동차와 많은 대화를 나누어 정이 듬뿍 들었다. 어느 하루에는 밤을 꼬박 새워가면서 이야기를 한 적도 있었다. 나를 만나서 자기는 행복하다고 하였으며, 여행을 좋아하여 일탈하고 싶으나 내가 떠나지 않아서 못해본 게 서운하다고도 하였다. 내 두 아이가 태어난 병원에서 기쁘게 집으로 태워 왔고, 슬픈 일로 인해 혼자 흐느낄 때에는 자기의 품으로 가만가만 안아주기도 하며 나를 위하는 마음은 변함이 없었다. 이에 반해 나는 기분에 따라 난폭하게 다루기도 하였고 고물이라 힘이 없다고 조롱도 하였다. 자존심이 상하는 말을 해도 그때마다 더 큰소리로 웃어넘기는 진실한 동반자였다.

우포늪이 있는 내 고향으로, 연화산 옥천사가 있는 처가로 다니면서 무거운 쌀자루와 푸성귀를 수도 없이 날랐으며 비가 오나 눈이 오나 같은 길인 직장으로 출퇴근을 시켜주었다. 약속시각에 늦지 않게 서둘러 달리고 청아한 경치가 보이면 구경하라고 천천히 달려 시상을 떠올리는 여유를 주기도 했다. 고갯마루를 넘을 땐 쉬었다 가고 좋은 길은 신나서 씽씽 달렸다. 추우면 춥다고 입으로 호 불어 따뜻하게 해주고 더우면 덥다고 입으로 후 불어 시원하게 해주었다. 먼 길을 떠났다가 일찍 귀가하기 위해 지름길인 너른 들판으로 접어들었다가 짙은 안개를 만나 방향을 잃고 날이 밝아올 때까지 헤매며 맴을 돌았던 일과 먼 출장길에서 잠잘 곳이 여의치 않아 한뎃잠을 함께 잤던 일도 있었다.

한번은 애들 이모 집에 가는 길에 한여름 더위를 먹고 시내 가풀막에서 바닥으로 김이 오르는 물을 쏟으며 멈춰 서버려 나를 당황하게 하였다. 그렇지만 다른 차가 들이대며 부딪혀 올 적에는 용감하게 몸으로 막아 나의 안전을 지켜준 충직한 수행원이기도 했다.

어떤 날에는 내 의중까지도 읽어 갈 곳을 미리 알아서 찾아가 기특하기도 하였다. 문득 영화가 보고 싶다면 자동차 극장에 가 있고 바다가 생각나면 어느 순간에 바닷가에 나란히 서서 넓고 푸른 파도를 바라보고 있었다. 항상 바라보기를 좋아하는 자동차는 허구한 날 나를 바라보고 마냥 좋아 가슴이 두근거리고 내 마음도 덩달아 두근거려 자별한 사이가 되었다.

마음과는 다르게 그도 내가 좋아하는 것을 싫어하는 것이 딱 한 가지 있었다. 술에 취한 행태로 술을 마시면 나를 거부하고 오히려 낯선 사람을 더 반겼다. 나를 사랑한 나머지 위험한 음주 운전만은 용납할 수 없어서였다. 내가 아닌 다른 사람이 운전할 때마다 크르릉 크르릉 소리를 내며 힘들어하여 함부로 술을 마실 수 없는 이유가 되기도 했다.

포근한 밤 내가 운전석에 앉아야 제대로 움직이는 자동차는 늘 아늑한 정감을 나의 등으로 전해주었다. 조금은 구부정한 할머니 등 같은 의자, 이 차를 사람의 나이로 치면 얼마나 되었을까? 여든 아니면 아흔 살, 아무튼 내 나이의 곱절은 될 성싶다. 내가 세상을 누릴 때 자동차는 녹슬고 고물이 되어갔다. 함께한 세월에서 사람과 차 사이에도 정이 든다는 것을 알 수 있게 해주었고 흘러가는 세월의 의미도 일깨워주었다.

태어나서 늙고 병들고 죽는 과정이 사람의 한평생이듯 자동차도 마찬가지라고 생각하면 삶은 참 단순하다. 수많은 사람 중에서 나를 만나 연(緣)을 맺었지만, 생명의 끝이 죽음이듯 가야 할 길을 보내주어야 한다는 마음은 단순하지가 않고 애틋하다. 정들기는 쉬워도 정을 떼기는 어렵다는 것을 미처 알기도 전에 어느새 빗속에 웅크린 몽몽한 풍경의 폐차장이 눈 안으로 들어온다. 지금까지 바퀴를 맞대어 달려온 길을 놓아버리고 멈춰 서버린 자동차가 쟁여 있는 곳, 저마다 사연을 싣고 불 밝히며 달리던 시절도 잊어버린 듯 깨어진 차창으로 비를 들이고 있다. 박물관으로 가 남기보다는 이러구러 용광로를 지나 미끈한 쇳덩이가 되고 새뜻한 자동차로 다시 태어나 해후하기를 바란다.

사각관계

삼각관계란 우리가 흔히 접하는 드라마에서 한 남자 또는 한 여자를 사이에 두고 두 여자 또는 두 남자가 사랑하면서 서로 갈등을 일으키는 서사로 드러난다. 사랑을 택하자니 친구가 울고, 친구를 택하자니 사랑이 우는 그런 유치찬란한(?) 내용을 보면서 우리는 울고 웃는다. 삼각관계에서 한 사람을 빼면 두 사람이 사랑하는 관계가 되어 통속적으로 흐르기 쉽다. 그럼 삼각관계에서 한 사람을 더한 사각관계는 어떻게 나타날까?

일요일 저녁상을 물리고 느긋하게 텔레비전 드라마를 보고 있었다. 아내와 같이 화장품을 사러 간 고등학생 딸이 이마에 알땀을 맺고 들어와 현관문을 꽝하고 닫으며 찬바람을 일으키고 자기 방으로 모습을 감춘다. 잠시 후 헐떡거리며 따라 들어 온 아내는 죄인인 양 아무 말 없이 내 옆자리에 앉는다. "무슨 일 있었어?"하고 물어도 아무런 대답이 없다. 항상 이런 식으로 모녀는 죽고 못 살 듯 친해져서 집을 나갔다가 들어올 때는 티격태격거리며 따로 들어오곤 하였기에 대수롭지 않게 여겼다. 한두 시간이 지나면 다시 서로 사이좋게 지내는 모습을 보며 모녀지간은 부자지간과는 뭔가 다른 방식으로 정을 쌓아가나 보다 하고 웃어넘기려 했으나 이번엔 좀 심각하다.

침묵 속에서 삼십 분쯤 지나자 딸아이가 방문을 열며 대뜸 "아빠! 나는 엄마가 창피해 죽겠어." 그런다. 왜 그러느냐고 물었더니, 이유인즉슨 엄마가 화장품 가게에서 물건을 고르면서 색색이 예쁘게 진열된 샘플 중에서 색상이 고운 것을 골라 입술화장품인 줄 알고 입술에 발랐는데, 가게 점원 아가씨가 그것은 눈에 바르는 화장품이라면서 짜증을 내어서 창피했단다. 또 그 가게엔 아주머니 한 분이 구경하다가 요즘처럼 빠르게 변화하는 세상에 그럴 수도 있지 왜 그러냐며, 점원 아가씨를 나무라서 고마웠단다. 덧붙여 애동대동한 아가씨가 얄미워 다시는 그 가게에 가지 않겠다고 한다. 여자가 아름다워지고 싶은 열망은 하나다. 눈과 입술을 구분하지 않고 하나로 해결할 수 있는 화장품이 있었다면 어떠했을까?

감수성이 예민한 시기의 딸아이는 이 일이 무척이나 마음에 남는 부끄럽고 창피한 일이었나 보다. 아내 편을 드는 아주머니를 보고 고맙게 여기고 쌀쌀맞아 보이는 가게의 점원 아가씨를 보고 얄밉다고 이야기하여, 순수한 딸아이의 마음을 읽을 수 있어 한편으론 얼굴에 미소가 피었다. 앞으로 좋은 일 험한 일을 겪으며 세상을 살아야 하기에 연민도 없지 않아 생긴다. 얼마 가지 않아 성인이 되고 결혼을 하고 엄마의 위치에 가 있을 미래를 생각하면 엄마의 처지를 이해할 날이 곧 오리라 헤아린다.

아내, 딸아이, 아가씨와 아주머니의 관계는 세상의 평범한 구성원으로서 각자 맡은 바 일을 충실히 수행하는 우주의 마음을 가진 사람들이다. 여기에서 내가 드라마의 작가가 되어 결말을 지어보면 이러한 관계를 사각관계라고 말하고 싶다.

살림하느라 세상 물정 어두운 아내, 물건을 팔아 이익을 추구하여 삶을 사는 깍쟁이 아가씨, 그 아가씨에게 창피당하는 엄마를 바라보는 감수성이 예민한 고등학생 딸과 이를 지켜보며 아내의 편을 드는 또래의 아주머니에서 우리 사회의 한 단면을 볼 수 있다. 이러한 면은 사람과 사람 사이에 일어나는 우주적 교감의 열망인 동시에 공동체 속에서 살아가려는 본성의 실현이다. 이런 사람들이야말로 소위 사회를 이끈다는 몇 퍼센트의 정치인들보다 위대하다.

사회 분위기상 자기에게도 일어날 수 있는 일을 남의 일인 양 바라보기만 하는 세상은 행복에 다가가기가 쉽지 않다. 관심으로 어우러질 때 사람들은 행복에 다가갈 수 있다. 우리 사회는 관심으로 살아서 주변사람을 행복하게 하는 자기인생 드라마의 주인공이 많을수록 밝아진다.

요즘은 드라마에서도 종종 고스톱 치는 장면을 본다. 사각의 방석 한쪽 면을 비워둔 채 세 명이 고스톱을 치는 형태는 삭막하다. 사각의 방석을 가운데 두고 둘러앉아 네 명이 고스톱을 치면 누구 한 명은 죽을 수 있다든지 아니면 광을 팔 수 있다. 죽든 광을 팔든 간에 판이 돌아가는 상황을 봐가며 훈수를 두는 사람이 있는 고스 톱판이 훨씬 인간적이다.

제3부

가뭄

가뭄

눈물이 빠져나간 자리, 쑥 들어간 어머님의 눈 속에 다시 눈물이 고인다. 눈물은 마르지 않는 샘처럼 끝없이 솟아 나오나 보다. 어머니는 슬프지 않은 웃는 표정으로 눈물꽃을 피우고 있다. 늘 웃는 모습으로 슬픔이 드러나는 까닭을 모르는 내 마음은 더욱 괴롭다. 들썩이는 어깨 뒤로 보이는 먼 산에 뿌연 황사 먼지가 서린다.

어머니가 계시는 시골병원에 가족과 함께 들렀다. 어머님은 반가움에 항상 눈시울을 적시고 민망한지 참아보지만 금 간 항아리에서 물이 스미어 나오듯이 한동안 눈물을 흘린다. 눈물은 나의 몸에 푸른 잎을 돋게 하는 대신 어머니의 몸은 시들게 했다. 아내는 바깥나들이를 하기 위해 어머님의 옷을 말끔하게 갈아입힌다. 나는 눈길을 피하지만 어머니의 주름진 얼굴과 쪼그라든 젖가슴이 마음을 아프게 한다. 저 젖으로 여기저기 자식들에게 물을 대느라 가뭄이 들었다. 먹는 입으로 잡는 손으로 젖은 나의 허기를 채우고 유년의 삶을 가슴에 묻어 젖무덤이 되었다. 저 젖무덤이 없어지는 날 어린 삶의 추억도 상실하는 구몰한 슬픈 고아가 된다.

살며시 어머님의 손을 잡는데 까슬까슬하게 말라서 낙엽처럼 가벼워져 날아갈 것만 같다. 수분이 빠져나간 자리에서 가뭄 든 사실조차 잊어버리고 이제는 마중물을 찾는다. 어머니는 어린 시절의 순박한 일만 기억하고 외가 앞을 가로 흐르는 시냇물, 거기에 맑은 물이 많다고 가보자고 자꾸 길을 나선다. 오래된 기억만 살아남는 아름다운 병이 깊어가는 줄 아는지 모르는지 야위어 뼈가 앙상한 모습으로 재촉한다. 아내는 살며시 팔짱을 끼고 나는 주춤주춤 따라나선다.

어릴 적 따뜻한 방안에서 한지로 바른 문틈으로 새어드는 햇살을 받으며 어머니는 바느질하시고 나는 곁에서 수학책을 펼쳐놓고 어머니에게 물어가며 숙제를 하곤 하였다. 더하고 빼고 곱하고 나누는 계산문제를 물어보기가 무섭게 암산으로 답을 척척 말하여 어머니는 천재라고 믿었다. 기억력이 남달라 종손의 집안에서 기일에 맞춰 대소사를 잘 치러냈던 분이셨는데 지금은 인정하기 버거울 정도로 기억력을 잃어버리고 엉뚱한 말씀을 종종 하신다.

여든두 살에서 나이를 잊어버린 어머님은 차에 오르시면서 어김없이 "올해로 내 나이가 여든두 살이야!"라고 말씀하시고 봄 날씨에 흥겨운 기분으로 애창곡인 '너와 나의 고향'을 멋들어지게 부른다. 미워도 한세상 좋아도 한세상/ 마음을 달래며 웃으며 살리라 / 바람 따라 구름 따라 흘러온 사나이는/ 구름 머무는 고향 땅에서 너와 함께 살리라. 나와 아내도 따라 부르고 아이들은 영문도 모른 채 장단에 맞춰 손뼉을 치고 있다. 출가외인으로 그 누구보다 강한 어머님이었는데 무척이나 고향을 그리워하며 사셨나 보다.

서쪽은 시계가 트여 있지만, 동쪽은 열왕산, 남쪽은 화왕산과 관룡산, 북쪽은 천왕산으로 둘러싸인 창녕군 고암면 소재지를 지나 오 리쯤 더 가면 농처럼 생긴 바위가 있고 그 앞을 가로지르는 내를 건너면 어머니의 고향인 서쪽 하늘이 고운 계상리 조그만 야동마을이 나온다. 어릴 적 바지를 동동 걷고 어머니의 손을 잡고 사시사철 맑은 물이 흐르는 내를 건너던 추억이 새롭다. 그리운 그곳에는 다리가 놓여 있지만, 아직도 어머니와 나를 부르는 시냇물 소리가 있었다. 속사에 지친 심신을 달래기 위해 찾으면 냇가의 몽돌을 쓰다듬고 불어오는 바람에 탄연해진다.

지금은 외가 식구들이 다 떠나고 없는 동네를 차로 한 바퀴 휘돌아서 나오면 어머니는 유년시절의 추억과 그 누구보다 나에게 살갑게 대해주셨던 돌아가신 외할아버지, 외할머니와 가족과 친지에 대해 맑은 정신으로 존조리 말씀하시고 회한에 잠긴다. 외할머니에 관한 이야기는 살아오면서 종종 하였으나 그때는 왜 그러는지 몰라 한 귀로 듣고 흘러버렸다. 그래서는 안 되었다. 고향 마을에만 오면 정신이 맑아지는 어머님은 다시는 돌아갈 수 없는 봉인된 시절 앞에서 가뭄 든 가슴으로 마중물을 찾고 있는 듯하다. 일생 자식을 위해 애면글면 물을 대어주어 이제는 가뭄이 들어버렸다.

늘 단비처럼 물을 주신 어머님, 정작 당신의 몸은 가뭄이 들어 작아져버렸다. 물이 없으면 살지 못하는 물고기처럼 어머니의 물로 살아온 나는 황사가 심한 봄날에 다녀와서 어머님의 가뭄이 해갈되길 간절히 빌고 빌었다. 망운지정(望雲之情)으로 떨어져 생활해야 하기에 자주 찾아뵙지 못하여 죄스러울 뿐이다. 봄의 먼지바람은 가만히 지나가면 될 것을 눈물샘을 건드린다. 가뭄을 눈물로 해갈시킬 수 있다면 그믐밤의 짐승처럼, 나는 영원히 울음 울겠다.

낙동강

고향이 내(川)터인 할아버지는 낙동강으로 말미암아 부자로 살았다. 자연의 이치를 거스르지 않는 농사를 지었기 때문이다. 내터에는 해마다 물이 들어 그 누구도 씨를 파종하지 않았다고 한다. 이렇게 노는 땅에 몇 해 동안 내리 피(稷)를 파종하였다. 그러던 어느 한 해에 일기가 좋아 큰 수확을 올려 부자가 되었다고 했다.

내터의 밭에는 내 키보다 더 크고 늘씬한 수수와 검푸른 잎의 콩 그리고 보리가 자라고 있었다. 그 밭은 이랑이 길고 넓어 여러 가지 농작물을 재배할 수 있었다. 온 가족이 거기에 매달려 농사를 지었다. 내가 할 수 있는 일이라고는 김을 매고 난 뒤에 나오는 풀을 밭의 가장자리로 내다 버리는 것과 허옇게 변색한 양은 주전자로 막걸리와 물을 받아다 주는 심부름 정도였지만 나는 이 일들을 하면서 보람을 느끼고 가족의 구성원임을 인식했다.

양은 주전자에 떠 온 강물은 은색 흙빛의 작은 모래 알갱이가 가라앉길 기다려 땀 흘려 일한 뒤의 갈증을 해소하기 위해 마시기도 하고, 보리를 베는 낫을 숫돌에 갈 때 붓기도 하였다. 길고 긴 한여름의 뙤약별과 느리게 흐르는 강물처럼 시간의 지루함이 있어도 싫지 않은 이유는 파란 하늘이 있고, 태양이 있고, 뭉게구름이 있고, 바람이 있었던 까닭이 아닐까 한다.

강가에 가면 수양버들이 늘어져 이른 아침엔 이와 어울려 물안개가 피어오르는 한 폭의 그림 같은 풍경도 종종 보았다. 모래밭에는 물새들의 발자국과 더불어 손톱으로 찍어놓은 듯 옴폭 옴폭 패인 자국에서 조그만 거품이 오르는 곳을 손가락으로 파보면 작고 예쁘게 생긴 노르스름한 조개가 나왔다. 어머니께서는 그것을 '갱조래' 라고 하시면서 낮에 물을 담았던 양은 주전자에 담아 와 국을 끓여주셨는데, 지금은 잊지 못할 그리운 맛이 되었다.

뻐꾸기 울음소리 우렁찰 때 낙동강에는 홍수가 나곤 하였으며 이때에는 수박, 참외, 사과 등 과일과 닭, 돼지 같은 가축이 떠내려왔다. 끔찍하게도 또래 여자 친구 한 명은 실족하여 강물에 휩쓸려 갔다. 이런 자연의 위력 앞에 인간 존재의 무기력함도 보았다. 물이 들어찬 조밭 사이로 헤엄치는 커다란 잉어를 아버지께서 성긴 그물로 잡아다가 동네 분들에게 나누어주는 모습에서 베풂이 무엇인지도 어렴풋이 알게 되었다. 이렇듯 낙동강은 나의 삶에 영향을 주었고, 사춘기 또한 이러한 생활 속에서 강물이 흐르듯 훌쩍 지나갔다.

　봄이 오면 강변에 파릇파릇 돋아나는 밀과 보리싹, 버들강아지, 구불구불 기어가는 뱀과 뛰어 나오는 개구리를 보고 생명의 오묘함을 느꼈다. 쟁명한 하늘에 까만 점이 움직이는 것같이 날아다니며 "지지배종" "지지배정" 지저귀는 종달새 울음소리를 들으면서 누나 따라 나물 캐러 다녔고, 여름이면 강가에서 멱 감고 배고프면 참외, 수박 서리하고 해지면 갈대밭 사이로 난 오솔길을 따라 집으로 돌아오던 시절이 그립다.

　한 아름의 버드나무 둥치에는 굼벵이가 꾸물꾸물 기어오르다 힘에 부쳐 대충 아무렇게나 허물을 벗어 걸어놓고 매미가 되어 강 더위에 신떨음으로 노래를 불렀다. 가을이면 강 따라 흐르는 산기슭의 불붙은 단풍을 벗 삼아 유유히 흐르는 강물에서 숭어 낚시를 하고, 겨울이면 둔치에서 연날리기, 얼음 위에서 팽이치기를 했다. 물결 위 초승달이 어둠을 힘겨이 내몰 때 야산에서 들려오는 부엉이 울음소리 또한 아늑하였다.

　내 어릴 적 보금자리와 같았던 강에는 새벽 해뜰참과 저녁 해거름에 이동을 하는 기러기 떼의 울음소리로 하루해가 뜨고 저물었다. 석양에 붉게 물든 하늘을 새까맣게 뒤덮는 철새의 비상은 일대 장관을 연출했다. 지금은 나의 머릿속 기억에서만 떠올릴 수 있을 것 같아 안타깝기만 하다. 생명의 근원인 물이 있고, 거기에 어린

시절의 꿈이 있었다.

원시적 생명력으로 살아 숨을 쉬는 그때를 그리워한다. 쇠뜨기, 씀바귀, 쑥, 민들레, 고들빼기, 달맞이꽃과 억새가 어울려 자라던 곳, 설렘과 희망이 있고 그리워할 수 있는 대상이 있는 곳, 이것을 상실하면 내 전부를 잃는 것과 같다. 나는 현재 이러한 마음의 고향을 잃고 강가에서 외로이 홀로 나는 철새같이 떠돌고 있는 것 같아 마음이 무겁다.

유유히 흐르는 강물은 바라만 보아도 사고(思考)를 섭리에 따르게 한다. 세상살이의 고단함도 깨끗한 강물에 씻어 보낼 수 있는 그런 것을 원한다면 우리는 낙동강을 외경(畏敬)할 일이다. 바다를 향한 그리움을 품고 험한 길로 굽이돌고 바위에 부딪히고 모래에 깎이고 소용돌이에 정신을 잃기도 하지만 고독의 힘으로 바다에 도달하는 위대함이 있는 강물 닮은 삶을 그려본다.

내 고향 또한 내터이기에 태생 또한 축복받아 낙동강의 덕으로 할아버지처럼 부자로 살고 싶다. 자연을 벗 삼아 푸른 보리밭을 노래하고 종다리의 몸짓을 음미하는 그날이 부자로 사는 날일 텐데 그날이 언제쯤 올까?

고향 친구

평생에 홀로 가는 쓸쓸한 인생의 소이로 친구가 필요하다. 나는 베이비붐 세대로 태어나서 고향 친구들이 많다. 성장기의 친구들은 대부분 모내기를 하고, 보리타작을 하고, 양파 모종을 심는 농사일과 학업을 병행했다. 나름대로 학업을 마치자마자 농기구를 버리고 고향을 떠나 타향살이를 하여 지금에 이르렀다. 몇몇은 아직도 고향을 지키며 농사를 짓고 있으며 늙으면 고향에서 함께 농사지으며 살자는 진심 어린 친구도 있다.

인생 노정에서 친구를 늘 곁에 두고 함께한다는 것은 좋은 일이다. 나이를 먹어가면서 생기는 자식의 결혼식과 부모의 장례식에 참석하여 기쁨은 더해주고 슬픔은 나누어 갖는 고마운 사람들이다. 원래 친구 사귀기를 어려워하는 성격인 나에게 고향 친구는 부담 없이 사람의 정을 느낄 수 있게 해준다.

언젠가 회식자리에서 분위기에 취해 술을 많이 마셨다. 다음 날 지금은 폐교된 초등학교 동창들과 등산하기로 한 약속도 잊고 자

정을 훨씬 넘긴 시간까지 어울려 놀았다. 새벽녘에 모임이 파하고
술에 취한 채 동창회 모임에 나가 산을 올랐다. 지난밤의 숙취로 머
리는 지끈거리고 속은 메스껍고 온몸엔 식은땀이 흘러내렸다. 내
가 술을 먹었는지 술이 나를 먹었는지 판별이 되지 않아 그날도 술
을 마시지 말아야겠다고 처음처럼 다짐하는 하루였다.

　친구들은 하나같이 내가 걱정이었다. 걱정을 끼쳐 미안해서 정
신력으로 산을 올랐으나 체력이 따라주지 않아 뜻대로 되지 않았
다. 다행히 친구 중에 나처럼 밤새워 술을 마시고 비실거리는 친구
가 둘이 더 있어 셋은 넉살을 피우며 쉬엄쉬엄 걸어서 산을 오를 수
있었다. 배려와 진심 어린 걱정으로 똘똘 뭉친 친구들은 우리가 염
려되었던지 산의 허리쯤에서 기다리고 있다가 도착하자 시원한 물
과 과일을 깎아주고 자리를 펴주었다. 우리는 그늘에서 한숨을 자
고 다른 친구들은 등산을 마치고 내려와 약속한 장소에서 만나기
로 하였다.

　소나무 그늘에서 잠이 들어 단잠을 자보기는 실로 오랜만이었
다. 토끼와 거북의 동화에서는 달리기에 자신 있는 토끼가 거북을
얕보고 산허리에서 잠을 잤고 거북이는 그 앞을 의리 없이 깨우지
도 않고 지나쳤다. 하지만 우리는 술에 취해 등산을 함께하지 못하
고 잠을 잤으니 민폐도 이런 민폐는 없으리라. 고향의 친구들은 이
를 이해해주었고 그런 친구들 덕에 내 마음도 그리 무겁지 않았다.

고향 친구 즉 "고향"이라는 말에서 오는 너그러움 같은 것이랄까! 생긴 모습은 모두 다 다를지라도 내면은 다 같아 보였다.

입담 좋은 친구가 쏟아내는 추억담은 모임의 즐거움을 더하고 하나같이 어릴 적 추억을 잊지 않고 이야기할 때마다 맞장구를 쳐가며 신이 나게 놀다 보면 웃음이 절로 봇물 쏟아지듯 넘친다. 사람은 태어나 추억을 먹고 산다고 한다. 힘들고 어려울 때에는 그 옛날 시골에서 생활한 추억을 떠올려 삶의 활력을 찾는다. 이처럼 친구가 있어 즐겁기도 하고 때론 친구 때문에 외롭기도 한 것이 인생이다.

장난꾸러기 시절 아련한 동경심이 떠오르는 그곳, 고향에서 고추 내놓고 냇가에서 물장구치며 미역 감고, 좋아하는 마음을 감추기 위해 혹은 궁금증을 풀기 위해 여자애들의 치마를 들치며 놀아서인지는 모르겠으나 비밀도 없고 부끄러움도 없는 친구들이다. 스스럼없이 대할 수 있는 정다운 사람, 희끗희끗한 머리가 되고 손자를 보았다고 해서 변할 것도 없는 소위 말하는 "불알친구"다.

요즈음 아이들은 교육과 가정문제로 이사를 많이 다녀서 고향을 모르고 살아 이런 친구들이 적다고 하니 조금은 딱하다. 정서를 길러주는 고향과 고향 친구들을 그리워하는 마음의 고향이 없다는 사실은 성마르다. 큰 나무처럼 말없이 쉴 수 있는 그늘을 만들어주는 친구, 서로의 곁을 지키며 붕정만리를 같이할 친구를 두었다는 것은 축복이다.

고향에 내려가면 옥요한 땅에서 푸르게 자라고 있는 너른 양파 밭을 본다. 논둑길을 가다가 배고파 양파를 뽑아 먹고 매워서 눈물을 찔끔거리던 모습이 떠오른다. 농사를 짓는 마음이야 알뜰한 추수가 소원이지만 내 평생 제대로 된 농사 한 번 짓지 못했다. 친구의 권유대로 늙으면 고향으로 내려가 흐르는 논물에 삽을 씻고 양파 모종을 키우는 생활도 괜찮지 않을까.

우리는 넓은 우주 안에서 살고 있다. 누군가 나에게 외로운 세상 지금까지 어떻게 살아왔느냐고 물으면 "고향 친구를 그리며 시골에서 농사일 돕던 때를 생각하면 세월이 빨리 가더라."고 대답할 터이다. 어느 날 길을 걷다가 문득 마주치는 것에 가장 반가운 사람은 고향 친구밖에 없다고 했다. 같은 사투리를 쓰는 고향 친구는 그리우면 허공에 그려져 헤어질 것을 염려하지 않아 더욱 좋다. 그래서 영원한 친구인가 보다.

누나

　누나라는 말에는 다정하고도 친근한 정감이 깃들어 있다. 이 정감을 잘 살려서 시를 쓴 시인이 김소월이다. "엄마야 누나야 강변 살자／뜰에는 반짝이는 금모래 빛／뒷문 밖에는 갈잎의 노래／엄마야 누나야 강변 살자."의 '엄마야 누나야' 에는 어린 시절 누구나 누나에 대하여 가질 수 있는 정감이 담겨 있다.

　나에게는 누나가 셋이나 있어서 그냥 자랑하고 싶다. 흩어져 살면서도 정신적 물질적으로 큰 도움을 주고 있다. 지금은 나이가 들어 웃는 모습과 귀에 익은 목소리에서 어머니의 생전 모습을 떠올리게 한다. 젊었을 때엔 모두 다 얼굴이 하나같이 예쁘면서 마음씨 또한 고와 누구누구네 집 딸이라고 하면 며느리 삼고자 하는 사람들이 많았다. 비록 넉넉지 못한 살림이었지만 반듯한 행실로 윗사람을 공경하고 아랫사람을 위하는 몸가짐에서 이웃의 어른들이 좋아하지 않았나 싶다. 볼프강 아마데우스 모차르트는 누나인 마리아 안나 나넬 모차르트에게서 음악적 영감을 받아 훌륭한 음악가가 되었다고 한다. 그러면 나는 누나들에게서 무엇을 받았을까?

“걱정하지 마라! 누나 셋이 천 원씩만 모아도 삼천 원이다. 너 하나쯤은 누나들이 먹여 살릴 수 있다.” 큰누나는 이렇게 말했다. 세상을 어떻게 살아가야 하나 하고 젊은 시절 방황하면서 고민에 빠져 있을 때 나에게 한 말로 잊히지가 않는다. 가정을 꾸리고 살림을 하는 주부로서 먹고 싶은 것 먹지 않고 입고 싶은 것 입지 않고 자식들 용돈을 줄이고 아껴 알뜰히 모은 돈을 동생을 위해서 선뜻 줄 수 있다는 뜻으로 희망이 들어 있었다.

신문의 시평에서 “나눔”과 “나뉨”의 글을 읽은 적이 있다. 한 획의 차이이지만 그 뜻은 극명하게 달랐다. 누나의 살림을 서로 조금씩 나누어 어려움에 부닥친 동생을 도와 서로 잘살자는 것이 나눔이다. 이 나눔은 잘살게 되면 다시 다른 사람을 도우라는 뜻도 포함되어 있다. 나뉨은 어떤 재벌가의 형제들처럼 욕심을 부리며 자기 것을 움켜쥐고 나누지 않아 서로 싸우고 시기하여 마지막엔 모두 원수처럼 지내는 생애이다.

큰 누나는 나눔과 나뉨의 뜻을 알고 나에게 이런 말을 하지 않았으리라. 그저 동기간의 후덕한 정으로 나를 돕고자 하였고, 미래에 대한 불안과 정신적, 육체적으로 지쳐 있는 나에게 용기를 주고 위로하기 위해 한 말일 것이다. 나는 그 말을 듣고 힘을 내어 직장도 구하고 결혼도 하여 행복한 가정을 꾸려나가고 있다.

우리 형제자매들은 일 년에 한 번 어머니의 생신날에 맞춰 모임을 가졌다. 나는 말이 덜하고 가만한 편이라 혼자서 조용히 지내다 오려고 하지만 누나들은 번갈아가면서 나에게로 와 근황을 물어서 그냥 놓아두질 않는다. 어쩌다가 셋이 한꺼번에 모이면 참말 같은 농담을 한다. 내가 젖먹이 때에 자기들이 업어서 키웠단다. 믿고 싶지 않지만 우는 모습조차도 귀여워서 서로 많이 업었다고 했다. 나는 누나의 등에 업힌 기억이 전혀 없고, 설령 업혔다고 하더라도 쑥스러워 농담으로 받아들인다. 하지만 옛날 그 시절을 생각해보면 결코 아니라고는 못하겠다. 예나 지금이나 나에게 관심을 두는 마음은 변함이 없어 그런 누나들이 싫지는 않다. 예전에는 돌담을 타고 넘는 호박넝쿨처럼 내가 누나들에 대한 관심이 많았다.

추석이나 설 명절이 다가오면 어김없이 마을 어귀에서 타지로 나간 누나가 오길 기다렸다. 해거름 녘 기다리다 지칠 때쯤 되어서 누나는 예쁘게 화장한 얼굴로 동구 밖 산모퉁이를 돌아서 왔다. 손에는 늘 부모님의 선물과 나의 선물이 들려 있었다. 손을 잡고 집으로 오는 그 짧은 길이 추억 속에 아련하다.

누나들이 모이면 밤늦게까지 오손도손 많은 이야기를 나누었고 나는 무슨 이야기를 하는지 듣고 싶어 귀를 쫑긋이 세우고 오는 잠을 쫓다가 나도 모르게 잠이 들었다. 이처럼 누나들은 나를 관심 안으로 불러들여 따뜻한 사랑의 감성을 깨워주었다는 생각이 든다.

이런 누나들이 이젠 흰머리가 희끗희끗하고 얼굴에 주름이 생겼으며 말씀도 얌전스럽다. 세월 앞에 순응해버린 누나를 이젠 누님으로 불러야겠다.

"그립고 아쉬움에 가슴 조이던/머언 먼 젊음의 뒤안길에서/인제는 돌아와 거울 앞에 선/내 누님같이 생긴 꽃이여" 서정주의 '국화 옆에서' 라는 시처럼 누님은 꽃이 맞다. 이제는 가을의 국화꽃이 되었다.

전과자

　　직장을 구하지 못해 떠돌아다닐 때의 일이다. 그 당시 나의 주소는 시골 고향 집으로 되어 있었으나 생활은 부산에서 했다. 나라 안에서는 새 대통령이 취임하고 올림픽을 준비한다고 떠들썩하였다. 그러나 나는 미상불 춥고 배고픈 시절을 보내고 있었다.

　　그 당시 국가 정책으로 농어촌지역 의료보험이 확대 시행되었다. 시골에 계신 어머님은 집에 있지도 않은 나의 의료보험료 부담을 줄이고자 동네 이장의 말을 듣고 부산 형님댁 주소로 퇴거를 했다. 퇴거 후 이 사실을 나에게 전해주어야 하였음에도 절차를 몰라 알려주지 않았다. 나 또한 형님 주소에 있는 동사무소를 방문하여 전입신고를 하여야 했으나 이러한 영문을 몰랐던 소치로 처리하지 못했다. 일련의 서류는 다시 시골 주소의 면사무소로 반송되었다. 이 과정에서 주민등록 말소가 되어버려 예비군 훈련을 몇 차례 받지 못하였다.

훈련을 받지 못함으로써 나의 뜻과는 상관없이 예비군 훈련 기피자로 시골 면사무소 누군가로부터 고발조치를 당했다. 이 시점에서 애국심을 논하는 것은 아니지만 나는 예비군훈련을 피할 그런 깜냥은 못 된다. 입대의 과정만 보아도 자원입대하였으며, 삼 년이란 세월을 열심히 복무하고 전역한 평범한 대한민국의 국민이다. 고위공직에 오르려고 하는 사람들이 당사자나 자식들의 병역문제로 구설에 오르는 현실에 비할 바가 아니라 지금도 자랑스럽다.

이른 봄날 아침 경찰서에 출두하여 조사를 받으며 일련의 사실을 이야기하였다. 하지만 수사관은 정상참작을 할 마음은 추호도 없이 오로지 자기의 각본대로, 내가 예비군 훈련을 피할 의도로 이러한 일을 저질렀다고 조서를 꾸몄다. 내가 아니라고 할 때마다 그 수사관은 책상을 꽝하고 내리치면서 고함을 지르고 윽박질러 손목을 잡아 비틀어 지장을 찍게 하였다. 어떻게 보면 고문을 당한 셈으로 지금 돌이켜보아도 끔찍하다.

선량한 시민을 전과자로 만드는 데 불과 십 분도 걸리지 않는 참 희한한 세상이었다. 그 결과로 억울하게 향토예비군 설치법 위반죄로 부산지방법원에 벌금 10만 원을 냈다. 거기에다 추가로 몇 배의 훈련을 더 받았다. 그 당시 10만 원은 나에게 매우 많은 돈이라 우선 임시로 근무하던 회사에서 변통하여 내고 노동으로 성실히

갚았다.

이런 사실을 잊어버리고 생활하다가 새로운 직장인 사립학교기관에 취직하였다. 직장에서는 임용 관련으로 나의 신원조회를 경찰서에 의뢰하였고 회보에는 "위 자는 향토예비군 설치법 위반자로 벌금 10만 원 과한 자임."이라는 내용이 선명하게 적혀 있었다. 대수롭지 않게 보일 수도 있었지만, 임용에 관련된 문제라서 걱정이 이만저만이 아니었다. 답답한 마음에 이러한 사실을 어머니께 이야기하며 탓을 하였다. 어머니는 아무런 말씀도 없이 자식 앞에서 고개만 푹 숙이고 계셨다.

직장에서는 다행히 큰 문제로 삼지 않아 해결이 잘 되었다. 이 기록은 몸에 난 흉터처럼 늘 따라다녔다. 조그만 전과의 기록일지라도 보는 이의 편견으로 사회생활에서 냉대와 불이익을 받을 수 있었다. 그렇지만 나는 개의치 않았다. 양심에 거리낌이 없으면 되었다. 다만, 돌이켜보면 어리석게도 어머니에게 넋두리하는 죄를 지어 마음이 쓰리다.

자식이 조금만 탈이 나도 걱정하는 사람이 어머니인데 가슴에 너무 큰 생채기를 내어버렸다. 어쩌면 자식을 위해 세상을 사셨을 어머니가 자식 앞에 고개를 못 드는 모습이라니, 이 일을 얼마나 자책하며 지내셨을까? 어머니는 예비군이라는 말만 들어도 고개를 숙이셨다. 모든 걸 차치하고서라도 나는 국가의 전과자보다 어머니에게 평생의 전과자가 된 셈이었다.

　일평생을 살면서 죄를 짓지 않고 사는 사람이 어디 있을까마는 죄에는 정상참작과 용서가 있다. 그 당시엔 이것이 없었다. 만약에 내가 용서를 받았다면 나라에 대한 더 좋은 기억을 갖고 살아가고 있을지도 모를 일이다. 이런저런 구실로 옭아매어 전과자를 양산하는 국가, 이런 나라가 세상에 있었다. 나는 얼마든지 이 일을 감수할 수 있다. 하지만 어머니는 전과자보다 더한 자식 걱정으로 여생을 보냈다고 생각하니 애통하다. 이보다 큰 죄가 또 있을까?

은행나무

시골집 대문을 나서서 왼쪽으로 돌면 커다란 은행
나무가 까치집을 업고 서 있다. 할아버지가 심은 나무로 다른 집 큰
나무는 은행이 달리지 않았지만 유독 이 나무만은 은행이 주렁주
렁 달려 신기하게 여겼다. 은행나무는 잎이 넓음에도 침엽수에 속
하며 암수의 구분이 있다는 것과 암나무는 마주 서 있는 수나무에
서 날아온 꽃가루가 있어야만 열매를 맺는다는 사실을 커가면서
알았다.

늦은 가을이 오면 사탕처럼 동그랗게 열린 은행을 수확했다. 다
른 형제들은 옻이 올라 은행나무 근처에도 못 갔지만 나는 그렇지
않아 나무에 올라가 장대로 은행을 털었다. 내가 은행을 털면 어머
니는 밑에서 가마니에 주워 담아 손수레에 싣고 개울가로 가져가
발로 밟아서 껍질을 깐 후 잘 씻고 말려서 한약방에 내다 팔았다.
은행을 까다 보면 세모와 네모꼴을 한 은행이 드물게 보였다. 이것
을 몸에 지니면 재수가 좋다고 하여 호주머니 속에 넣어 다니기도

하였다. 그리고 어머니가 은행 수확에 대한 수고비로 약간의 용돈을 나에게 준 것과 은행에서 나는 구린 냄새와 노란 예쁜 잎 때문에 은행털이의 기억은 오래도록 남아 있다. 이러한 기억은 여행길에서 만난 웅숭깊은 은행나무를 연상시켜준다.

어느 해인가 충청북도 영동 영국사에서 천 년을 넘게 산 은행나무를 보고 성스러워 숨을 멈춘 채 한참을 제자리에 서서 올려다본 적이 있다. 오랜 세월 동안 비, 바람, 구름, 태양, 새, 작은 벌레 등과 절에서 흘러나오는 불경 소리와 종소리, 그리고 오가는 사람들의 기도 소리를 들으며 소원을 들어주었을 것을 생각하니 가슴 벅차게 경외(敬畏)로웠다. 한자리에서 짧게는 몇백 년 길게는 몇천 년을 살면서 우리가 사는 모습을 묵묵히 지켜보며 바른길을 가르쳐 줄 것 같아 나의 정신적 지주로 닮고 싶은 나무이기도 했다.

도회지 생활을 하면서 집에서 그리 멀지 않은 공원으로 산책하러 가면, 태어나고 자란 고향과 까치집을 빼앗기고 넓은 공원으로 옮겨진 커다란 은행나무가 보인다. 그 은행나무에 매달린 링거병과 고정한 쇠줄에 버팀목을 한 모습이 서글퍼 하염없이 바라보면 개미 몇 마리가 주사기 바늘 위를 오르내리고 그 아래 말라비틀어진 지렁이를 끌고 가는 개미장의 행렬도 보인다. 우듬지를 남기고 가지가 군데군데 잘려나간 곳엔 수액이 흘러나오다 말라 검게 변해 있어 마치 아파서 흘린 피눈물 자국 같다.

공원에 내리는 여름의 따가운 햇볕에 잎이 말라가고 가지도 늘어져 힘들어하는 모습이 불쌍하기만 하다. 유모차를 밀고 가는 젊은 새댁과 아기는 무관심하게 지나가고 자전거를 타는 사람은 몇 번이나 같은 길을 맴돌며 어지럼을 부풀려 생명을 방해하고 있다. 가끔 바람이 불어와 잎을 매만져보지만 힘이 없어 보이긴 마찬가지여서 더욱 안쓰럽다.

이러한 광경을 보고 있노라면 고향의 은행나무가 이 나무가 아닐까 하는 상상을 하며 자꾸 쳐다보게 된다. 어쩌다가 벗겨진 껍질을 하고 한곳에 있지 못한 신세가 되어 성긴 그림자를 만드는 처지가 되었는지 모르겠다. 고향은 얼마나 그리울까! 사람들의 이기심 때문에 무더위에 간간이 툭 툭 떨어트리는 은행잎은 나를 매우 슬프게 한다. 하지만 비를 기다리며 지나간 세월이 참 짧다는 양 강한 생명력으로 다시 한 번 뿌리가 흙을 움켜잡는 모양이 보이는 듯도 했다.

우리도 어떻게 보면 이식된 삶을 살고 있다. 내가 고향을 떠나 이식되어 온 지도 어언 삼십 년이 훌쩍 넘었다. 내가 뿌리를 내릴 시점에 외롭고 쓸쓸하여 한 잔의 술을 마시고 아무도 없는 캄캄한 방을 향하여 터덜터덜 걷던 그때가 생각난다. 저 앞 붉은 자동차가 있는 소방서 뒤뜰의 은행나무는 한자리에서 푸름을 자랑하며 우아하게 서 있는 데 비해 상처 난 몸으로 불평 한마디 하지 않고 처지

를 받아들이는 이식된 은행나무가 왠지 옛날의 나를 닮아 더 측은
하다.

　조금이나마 위로하기 위해 은행나무를 가만히 안고 줄기에 뺨
을 대보았다. 사르르 사르르 물오르는 소리 들리는 듯하고 "네가
타향에서 배우자를 만나 자식을 낳아 기르듯이 나도 언젠가는 뿌
리내려 푸릇한 잎을 피워 소방서 뒤뜰의 은행나무를 마주하여 열
매를 맺게 하고, 네가 글을 쓰면서 글감을 찾아 고향을 구상하듯이
나도 바람을 맞으며 파란 하늘에 우듬지로 시를 쓸 때 고향을 떠올
려 행복에 젖을 테니 걱정하지 마라."라고 내게 소곤소곤 말을 하
는 것 같다. 금세 분수대 위로 아이들의 웃음과 햇무리가 번져오는
아름다운 여름날이 된다.

얼굴에도
단풍이 들다

단풍이 엎질러진 컵의 물처럼 아래로 번지고 있다. 간혹 넋을 놓고 한참을 멍하니 서서 바라보다가 찬바람에 밀려 집 안으로 들어오기도 하고, 낙엽이 바람에 쓸리는 소리에 외로움을 느끼기도 하지만 문제가 되지 않는다. 나뭇잎을 비집고 들어온 흔들리는 가녀린 햇살을 찾아 자리를 옮겨 해바라기를 하면 보기보다 따사롭다. 잠시 상념에 잠겨 옛날을 떠올리면 헝클어진 실타래에서 한 올의 실이 풀려나오듯이 정리된 생각이 나올 때가 있어 가을이라는 계절이 고마울 뿐이다.

군 제대 후 몇 곳의 직장을 전전하다가 카메라 영업사원으로 취직했다. 날씨에 따른 노출에서 조리개와 셔터 속도와의 상관관계, 좋은 사진의 구도와 카메라를 잡는 자세, 사람을 만나는 법 등을 교육받고 관공서나 금융기관 같은 곳을 찾아다니면서 점심시간에 잠깐 전단을 나눠주고 필요한 사람에게 판매하였다. 적성에는 맞지 않았으나 벌이가 괜찮아 한동안 그 일을 했다. 그 일을 한 또 하나의 이유는 작은 몸집의 앳된 얼굴에 귀엽게 생긴 김 양이라는 아가씨가 사무실에 근무하고 있었으며 언제나 생글거리면서 나를 잘 따랐기 때문이다. 멀대같이 잠자코 있다가 가끔 실없는 소리를 해대는 내가 뭐가 그리 좋다고 따랐는지는 지금도 의문이다. 그래서 『인생론』을 쓴 톨스토이는 "여자란 아무리 연구를 계속해도 항상 완전히 새로운 존재다."라고 말했나 보다.

어느 가을 일요일 범어사(梵魚寺)에 놀러 가기로 김 양과 둘만의 약속을 하고 절 입구 지하철역에서 만났다. 손을 잡고 걸었는지 잡지 않고 걸었는지 밝힐 순 없지만, 절을 향해 느린 발걸음을 옮겨 가며 가을의 향기를 진하게 맡았다. 청명한 가을 날씨 탓에 단풍이 불새라도 피울 듯하여 시간이 멈췄으면 하는 바람도 간절했다. "하늘의 물고기"라는 뜻으로 이름 지어진 고즈넉한 절 구경을 하고 주린 배를 채운 뒤 풍치에 이끌려 계곡 물을 따라 올랐다. 촌부의 엉덩짝 같은 이끼 낀 바위를 휘감고 제멋에 졸졸 노래하며 흐르는 맑은 물과 가라앉은 낙엽 위로 유유히 헤엄쳐 노니는 물고기들이 마음을 차분하게 해주어 평화로움이 감돌았다.

한참을 그렇게 계곡 물을 따라 오르다 상류를 언뜻 보니 핏빛처럼 붉은 단풍잎 하나가 물줄기를 따라 동동 떠내려오고 있었다. 나도 모르게 이걸 집어서 김 양한테 주어야겠다는 생각이 들어 잽싸게 쪼그려 앉아 팔을 뻗는 순간 "쫙" 하는 소리가 났다. 아뿔싸! 바지 사타구니 솔기가 터져버린 것이다. 얼른 일어서서 엉덩이로 손을 가져가 가렸지만, 속옷이 삐져나오고 말았다. 오호통재라! 난감해하는 마당에 오히려 부끄러움과 동시에 터져 나오는 웃음을 힘껏 참고 있는 방년의 김 양 얼굴이 빨갛게 단풍처럼 물들어버렸다. 급기야 터진 바지는 김양의 명랑한 웃음을 터트렸고 심연 속을 환하게 밝혀주었다. 반면 나의 얼굴은 당황스러움과 창피함이 한꺼번에 몰려와 전형적인 가을 들판의 누런 색깔로 변해버렸다.

곧바로 산에서 내려오면서 엉덩이에 힘을 꽉 주고 손으로 살짝 뒤를 가린 뒤 새색시처럼 얌전한 걸음걸이로 시내까지 왔다. 흰 구름은 실실 웃으며 끝까지 나를 따라오고 있었다. 구름을 피해 시골 동네 분위기가 나는 골목 길가에 있는 상호가 '하얀 세탁소' 인 곳에 들러 수선을 맡겼다. 수선하는 동안 나는 팬티 바람으로 석유 냄새가 배어나오는 커튼 뒤에 숨어 있었다. 삐죽이 고개를 내밀면 힐끔거리며 알 듯 모를 듯 웃으며 재봉틀 앞에 앉아 있는 세탁소 아저씨가 보였다.

아저씨는 대머리에 목이 늘어난 하얀색 티셔츠를 거꾸로 입고 있어 뒷모습이 꼭 앞모습 같아 웃음이 저절로 났다. 감쪽같이 수선한 바지를 찾아 입고 우리는 아무렇지 않은 듯 차를 마시며 즐거운 시간을 갖고는 헤어져 집으로 왔다. 그 모습은 지금 떠올려도 가관이다. 하지만 바지를 터트려 남에게 웃음을 줄 수 있다면 창피함을 무릅쓰고 바지를 터트리고 싶기도 하다.

　그 후에도 김 양은 나만 보면 터지는 웃음 때문에 발그레한 얼굴에 입을 가리는 자태를 종종 보여주었는데 내가 직장을 옮기는 탓에 소식이 끊어졌다. 지금 김 양은 무얼 하고 있을까? 좋은 남편 만나 아들딸 낳고 행복하게 살고 있을까? 한 번쯤 붉게 물든 단풍을 바라보며 그날 그 바지 터진 범어사 총각을 회상하고 얼굴 한가득 미소를 띠고 있을까? 나뭇잎 사이로 흔들리며 들어오는 빛을 쬐면서 헝클어진 생각을 정리하여 옛날의 추억을 떠올리는 일은 이 가을 나에겐 또 하나의 소소한 즐거움이다.

거제도
기행

섬은 불상(佛像)이다. 맑은 하늘 흰 구름을 광배(光背)로 하고 푸른 바다를 대좌(臺座)로 하여 가부좌를 틀고 앉아 있는 모습이 그러하다. 불상은 늘 그 자리에 있어 찾아가 바라보기만 하여도 마음의 위안을 받는다.

거제에 가기 전날, 돌풍을 동반한 비바람이 치겠다는 일기 예보는 기우였다. 새벽에 내린 비로 가시거리가 좋아 오히려 여행하기에 좋은 날씨이다. 이제는 보고 있어도 그리운 사람, 문학 동아리 회원이 다 모였다. 나에게 있어 여행은 타향살이의 고달픔에서 귀향하는 기분으로 앞으로 펼쳐질 일을 그리며 마냥 웃음을 짓는 것으로부터 출발한다. 나는 승합차 창가 한자리를 차지하고 앉아 늘 보아오던 길과 건물을 비집고 나와 고속도로를 달렸다. 시장기가 느껴져 휴게소에서 가락국수 한 그릇으로 허기진 배를 채우고 다시 달아나는 차는 차창이 신록의 활동사진을 만든다.

거제대교를 지나 옥포 여객터미널에 도착하니 코앞이 바다다.

여객선과 이국적으로 보이는 선착장 앞 화분의 패랭이꽃도 수줍음을 버리고 자태를 뽐내고 있다. 정박한 어선과 다닥다닥 붙어 있는 조가비를 바라보며 바다 밑 세상을 떠올리는 잠깐의 여유로움을 갖고 찾은 곳이 시장 복판데 있는 횟집이다. 꾸들꾸들 윤기 흐르는 생선회를 초장에 찍어 먹고 얼큰한 매운탕과 삭은 김치를 곁들여 먹는 밥맛은 숨을 가쁘게 했다.

불룩해진 배와 맑은 얼굴로 찾은 곳은 검푸른 바다가 훤히 내려다보이는 언덕 위의 애광원 원예 치료장이다. 장애를 꽃으로 치료해주는 곳, 실제 치료를 받아야 할 마음의 장애를 갖고 사는 내가 제대로 찾아온 것 같다. 선홍빛 습자지 같은 부켄베리아 꽃 넝쿨 아래로 관엽과 야생화가 전시된 곳을 마냥 거닐어도 마음의 병이 한층 안정되고 나았다. 진한 향의 커피를 한잔 마시고 찾은 곳이 해금강 입구의 바람의 언덕으로 이름값을 하느라 바람이 드세다. 바다에서 불어오는 바람을 안으면 요조숙녀라도 무 속바람 들듯이 바람이 들겠다.

아리잠직한 여류시인의 치마를 들쳐 유혹하는 뻔뻔한 바람을 피해 다시 차를 몰아 도착한 곳이 여차 몽돌밭이다. 강렬한 태양 빛을 받아 검은 돌이 수북하고 하나같이 모양도 둥글어 세상살이 이렇게 살아야 한다는 것을 몸소 보여준다. 파도가 하얀 거품을 물고 달려들지만, 몸을 맡긴 채 소소한 추억을 담고 있는 표정이다. 기행의 맛이 보는 즐거움이라는 것을 누가 가르쳐주지도 않았지만 여기서 배워버렸다. 여차를 지나며 비탈진 비포장도로 위에서 그리워 떠나고 싶어도 떠날 수 없는 섬들이 태고를 이야기하는 모습을 신비스럽게 바라본다. 저 불상들 앞에서 엄숙해지지 않을 자, 위로받지 못할 자 그 누구이겠는가! 찢어진 상처인들 아물지 않으랴! 염아하다.

재촉하는 시간에 밀려 달려서 도착한 곳이 청마 기념관이다. 깨끗하게 정돈된 기념관 앞에 세워진 시비를 보면서 시를 따르고 싶음을 느낀다. 시인의 성품을 말해주는 여러 문인과의 교신 내용을 전시한 우편물이 아릿하다. 담쟁이넝쿨이 감싸고 있는 우체국, 자전거 타고 오는 우체부, 빨간 우체통 등이 우리네 가슴에서 지워져 추억의 저편이 될 날도 머지않으리라는 심경으로 쓸쓸히 돌아선다.

출출한 배가 저녁 시간을 알릴 때쯤 어슴푸레한 달빛에 도착한 곳이 '추억의 카페' 다. 홀 중앙에 덩그러니 놓인 당구대가 눈길을 끈다. 카페엔 양주와 맥주가 나올 것이라는 예상을 깨고 생김치에 푹 삶은 돼지 삼겹살, 멸치회에 멸치 산나물 찜이 나왔다. 최후의 만찬인들 이만하랴! 허겁지겁 주린 배를 채우고 쥐뿔도 없는 모습을 다 드러내놓고 한바탕 질펀하게 쏟아놓은 말은 인간의 허물까지 다 벗겼다. 이러한 곳에서 언어의 유희가 태어나고 시가 태어나

나 보다. 자정을 넘겨 들뜬 기분을 나비의 날개처럼 접고 잠자리에 들었다.

어젯밤 늦잠을 자리라는 잠들기 전 결심은 꿈이 훔쳐가고 새벽녘 아침이 먼저 와 잠을 깨운다. 부산하게 치장을 하고 해장에 좋다는 굴 국밥과 물회로 쓰린 배를 다스렸다. 여기까지 와서 갈매기가 둥지를 트는 작은 섬에 한번 오르지 않는다면 후회할 일 같아 낚시 도구와 초장을 마련하여 시방 포구로 향했다. 행선지는 이수도. 통통배를 타고 잠깐 바다를 가로질러 도착해 낚시를 즐기고 갈매기 노랫소리와 풍경에 취한 모습으로 이수도를 뒤로했다. 들렀다 가는 길엔 걸림이 없어야 하나 찰나의 추억에 눈길이 자꾸만 머문다.

우리는 일탈을 감행하지만 섬은 그럴 수 없다. 늘 그 자리에서 바람이 전하는 소식을 들으며 모든 것을 불러들이는 매력을 가지고 있다. 태어남에 불상처럼 살아야 하는 운명이 정해져 있었다. 상처받은 사람들은 그를 찾아서 바라봄으로 치유받고 묵묵히 참아내는 인내를 배우기도 한다.

아프리카의
태양

"아프니까 아프리카지."라고 혹자는 말한다. 아파서 아프리카라고 불리는 곳, 많이 아픈 아프리카는 대지도 동물도 사람도 모두 아프다. 아득히 먼 곳, 검은 이미지가 먼저 떠오른다. 기아의 대륙, 불결한 주거 환경으로 질병이 만연한 대륙, 맹수가 득실거리는 밀림의 대륙, 민족의 갈등으로 전쟁이 많은 대륙, 풀 한 포기 자라지 않는 황량한 사막의 대륙, 숨이 막힐 듯한 더위의 대륙, 강우 부족으로 곡식 재배가 불가능한 대륙, 게다가 기상 이변으로 말미암은 대홍수 등이 아프리카를 특징짓는다.

아프리카는 대평원을 무대로 뛰어노는 동물에 관한 텔레비전 프로그램으로 우리에게 친근하다. 나는 텔레비전 다큐멘터리를 보다가 눈물을 잘 흘린다. 가족과 볼 때에는 들키지 않으려고 눈물이 말라 없어지는 순간까지 가만히 있다. 그러나 아이들이 용케도 이를 알아차리고 "아빠가 또 우시네!"라고 하면 창피하여 얼른 눈물을 훔치고 애써 눈길을 피한다. 엄마 뱃속에서 태어날 때부터 우는 모습을 수도 없이 보여주었지만 머쓱하긴 마찬가지다.

최근에도 다큐멘터리 영화 〈울지마 톤즈〉를 보고는 소리 없이 울었다. 대장암으로 선종하신 고 이태석 신부의 일대기를 그린 내용이었다. 이 신부가 음악을 가르친 아프리카 학생들이 이 신부의 영정을 앞세우고 브라스밴드가 연주하는 추모행렬로 끝이 났다.

이 신부는 아프리카 수단에서 내전으로 피폐해진 톤즈 마을의 유일한 의사이자 신부로서 전쟁의 상처와 한센병 환자의 썩어가는 발에 생긴 고름을 맨손으로 짜 치료하고 가죽 신발을 만들어주었다. 학교를 세우고 총칼 대신 연필과 악기를 쥐여주어 밴드를 결성하고 공부와 음악을 가르쳤다. 자신의 아픈 몸은 돌보지 않고 오로지 병들고 배우지 못한 현지 주민들을 위해 목숨을 바쳤기에 가슴 뭉클한 진한 감동을 느꼈다. 그야말로 헌신적인 사랑과 봉사로 희생을 한 사람이었다.

톤즈의 사람들은 이 신부를 '아버지'라고 부르며 따랐다. 천주교 성직자를 아버지라고 부르나 여기에서는 그 의미가 달라 보였다. 가족제도에서 한 가족의 중심이 되는 인물의 아버지였다. 그들을 위한 끝없는 보살핌과 앞날을 염려하는 모습에서 아버지의 모습을 보았기 때문이리라. 아버지는 세상에서 제일 존경받는 인물이다. 이 신부의 죽음 이후 눈물 흘리는 행위를 수치로 아는 톤즈의 키가 큰 딩카족들이 밤낮으로 울어 나도 전염이 된 듯 울음이 났다.

이 신부는 아프리카 오지에서 가난과 고통의 짐을 긍정의 힘으로 함께 지고 갔다. 현지의 주민들과 동화되어 생활하면서 행복을 누리도록 골고루 희망의 빛을 내려주었다. 빛은 나무의 잎을 푸르게 키우듯 주민들의 거친 성정을 착하고 온순하게 길러 삶에 변화를 주었다. 그 빛은 아프리카의 태양처럼 강렬했다. 이 신부는 찬란한 태양이었다. 이런 태양이 붉은 노을에 쌓여 어둠 속으로 져버려 톤즈의 사람들은 매우 슬펐을 것이다. 언제 다시 새로운 태양이 솟아올라 세상을 깨울까! 내일은 내일의 태양이 다시 떠오르리라 믿는다.

한 가지 잊을 수 없는 것은 이 신부의 죽음을 두고 톤즈 사람들 누구나 자신이 대신 죽고 이 신부가 오래오래 살길 바랐다는 사실이다. 죽음까지 대신 죽어줄 수 있다는 것은 어떤 의미일까? 내 고향 창녕 비사벌에서는 옛 가야시대 송현동 15호 고분에서 순장소녀 '송현' 이라 이름 붙여진 아담한 체구의 미라가 발굴되어 관심을 끌고 있다.

다음 세상에서도 주인을 섬기기 위해 목숨을 스스로 바쳤는지 아니면 권력에 의해 무덤 속으로 끌려들어 갔는지 알 수는 없지만, 지금에 와서 보면 슬픈 운명이다. 이렇게 죽는 일도 사람의 머리로는 헤아릴 수 없다. 그럼에도 진정으로 대신 죽고자 하는 마음을 보면 이 신부가 얼마나 큰일을 하였는지는 짐작조차 쉽지 않다.

　인간의 위대한 힘은 실천하고 행동하는 데 있음을 가르쳤고 그들의 생활을 보면서 나의 평안한 삶은 더 두드러져 보였다. 나는 이태석 신부로 해서 아프리카를 조금 알았지만, 아직도 아프리카는 잘 알려지지 않아 "아프니까 아프리카지."라고 혹자는 말한다. 그렇지만 나는 다르게 생각한다.

　태초부터 인류의 고향으로 젖줄인 나일강이 있고 생동감이 넘치는 야생 동물과 숲 그리고 비옥한 땅이 있다. 대자연과 더불어 살며 사랑을 준 사람을 위해 자기의 목숨까지도 내어주겠다는 순박한 사람들이 있다. 그중에서 어린이들이 맑은 눈망울에 빛을 가득 담고 있어 아프리카의 어원처럼 "밝은 햇빛이 많아 아프리카지."라고 말하고 싶다.

역지사지

　제2007XXXX호 사건이 경사 정○○에게 접수되었습니다. -XX 경찰서. 휴대전화 문자 메시지 내용이다.

　도회지 샐러리맨인 양(楊)은 아내와 같이 종종 자동차를 타고 시골에 계신 어머님을 뵈러 간다. 그리고 가끔은 시골에 계신 장모님을 뵈러 갈 때도 있다. 시골에 계신 어머님을 뵈러 갈 때 양은 운전 중에도 말이 많아지고 그의 아내는 묵묵히 듣고만 있다. 반대로 장모님을 뵈러 갈 때에는 조수석에 앉은 그의 아내는 무엇이 그렇게도 좋은지 환한 표정으로 한시도 입을 쉬지 않고 조잘대는 대신 운전대를 잡은 양은 묵묵히 듣고만 있다. 자기가 태어난 고향으로 가는 길, 그것도 어머니를 뵈러 가는 길은 기분이 좋을 수밖에 없는가 보다. 사람의 표정과 기분은 정말 감추기가 어렵다. 양은 앞으로 장모님을 뵈러 갈 때 아내의 기분을 생각해서라도 항간에 떠도는 썰렁한 유머라도 해야겠다고 마음먹는다.

　늦은 봄 양은 아내와 함께 시골로 향했다. 여느 때처럼 양이 말을 많이 하고 그의 아내는 무표정으로 묵묵히 말을 받아넘기고 있었다. 시골에 도착하여 대청소를 하고 점심을 먹은 후 텃밭에 심어져 있는 매실나무에서 청매실을 따고, 어머님께서 챙겨주시는 푸성귀를 가득 싣고 집으로 올라오는 길이었다. 아내는 몸이 피곤한데도 양의 운전이 못 미더운지 조수석에서 가물가물 눈을 뜬 채로 졸고 있었다. 집에 거의 도착할 시간에 양의 차 앞에 검은색 오토바이 한 대가 갑자기 나타나 비틀거리며 곡예운전으로 달리고 있다. "앞의 오토바이가 이상해요. 바짝 붙지 말고 조심해서 운전하세요." 하고 아내가 말했다.

최근에 가벼운 접촉사고를 낸 적이 있기에 양은 차선을 바꿔 피해 갈려고 하여도 옆 차선의 차들이 양보할 기미를 보이지 않아 아내의 말대로 안전거리를 확보하고 조심 운전으로 뒤를 따르고 있었다. 아니나 다를까 우려했던 대로 삼거리 직진차선에서 초록 불임에도 오토바이가 갑자기 급정거하였다. 이어 아내의 비명이 있었고 방어운전 중이던 양은 브레이크를 힘차게 밟아 오토바이 뒤에 가까스로 정지하였으나 갑자기 뒤에서 "꽝" 하는 소리가 들리고 잠깐 정신이 혼미해졌다. 정신을 차리고 상황을 파악해 보니 양의 급정거에 뒤따라오던 소형트럭이 양의 차를 들이받고 양의 차는 튕겨 오토바이를 들이받았다. 다행히도 크게 다친 사람은 없어 보였다.

　　보험회사와 경찰서에 신고하고 수습을 한 뒤에 뻣뻣한 목과 피곤한 몸으로 저녁 늦은 시간에 경찰서에서 트럭운전자, 오토바이 운전자, 양이 사고경위에 관해 조사를 받았다. 사고를 유발한 오토바이 운전자는 약관의 나이로 자동차부품 생산 공장에서 일하는 외국인 근로자였다. 교통법규를 잘 몰라 직진차선에서 좌회전하고자 급정거를 했으며 음주와 무면허 운전임이 밝혀져 형사처분을 받게 된다고 담당 경찰관이 말했다.

　　그러자 외국인 근로자는 어리둥절하고 선한 눈빛에 가늘게 몸을 떨며 겁에 질린 표정을 한 채 그의 보호자로 동행한 회사의 간부 눈치만 살피고 있었다. 이에 가만히 듣고 있던 트럭운전자가 "향수(鄕愁)로 인해 술을 한잔한 것 같군요. 제가 책임을 질 수 있는 데까지 다 질 테니 형사처분만은 받지 않도록 해주실 수는 없는지요?" "안 됩니다. 그렇게 되면 경찰의 본분을 망각한 직무유기로 큰일 납니다." "저도 젊은 시절에 외국 생활을 해봐서 이런 사람들의 심정을 어느 정도 이해를 합니다. 최대한 선처를 부탁하겠습니다. 경찰관님!" 이 짧은 대화로 조사는 끝이 났다.

　　트럭운전자는 그 외국인의 잘못 때문에 안전거리 미확보라는 죄로 벌금을 물고 양의 차 수리비까지 포함하여 교통사고의 책임을 고스란히 지게 되었는데도 원망의 소리 한 마디 하지 않고 상대편의 처지를 생각하고 있었다. 자기의 권리와 주장을 내세우지 않고 마음을 비우는 태도는 요즈음 좀처럼 보기 드문 인격으로 보였다. 죄는 미워하되 사람을 미워하지 말라는 말이 떠오른다. 다 같은 지구촌 사람으로 행복을 추구하는데 피부색과 생김새가 다르다고 사람마저 다를까? 외국인 근로자들도 아픔을 나누고 싶어 할 것이다.

우리의 이웃들로 성큼 다가와 있는 외국인 근로자들이 한결같이 "한국 사람의 인정(人情)에 감동하였다."라고 말할 수 있도록, 그 옛날 우리나라 간호사와 건설 현장의 트럭운전사가 외국의 근로자로 일했을 때를 생각해서라도 따뜻하게 대해주면 어떨까? 힘겨운 노동으로 생계를 이어가는 애먼 사람들도 부모 형제가 있고, 타국에 보낸 자식을 걱정하는 어머니의 마음은 우리의 어머니와 다르지 않을 것이다. 정과 외로움에 굶주린 이들에게 몸짓으로라도 한 번쯤 말 거는 친절한 사람이 되고, 우리가 하기 싫은 일을 대신하여주기에 고마운 마음을 가져봄은 또 어떨까?

양은 사고 후유증으로 목과 어깨가 결리고 피로가 몰려왔지만, 그 짧은 대화로 인해 몸이 한결 가벼워지는 한편 가슴 뭉클함도 느꼈다. 이 교통사고 사건은 양에게 상대편의 처지나 입장에서 먼저 생각해보고 이해하라는 진정한 역지사지(易地思之)의 뜻을 일깨워주었으며, 아전인수(我田引水)격의 경솔한 행동을 하지 않는 참사람의 모습도 보여주었다.

접수번호 제 2007XXXX호 사건을 검찰로 송치하였습니다. -XX 경찰서 경사 정○○. 문자메시지 내용이다. 아무쪼록 좋은 결과가 있기를 간절히 기원한다. 그리고 먼길 떠나올 때는 가족들의 배웅을 받으며 서러워 울면서 왔겠지만, 웃으면서 살다가 돈 많이 벌어 몸 성히 고향으로 돌아가길 바라본다.

제4부

수박 한 통

수박 한 통

　달리는 만원 버스 속에 수박 한 통이 든 스포츠 가방을 메고 내가 서 있다. 추석 한가위를 맞이하여 임신 초기의 아내는 유산의 염려 때문에 집에 있고 혼자서 처가에 다녀오는 길이다.

　처남은 시골에서 비닐하우스에 수박 농사를 짓는다. 수박이 얼마나 크게 열리던지 농사 잘 짓기로 동네에 소문이 났다. 허리가 낫처럼 굽어진 장모님은 처남의 일손을 도와 비닐하우스 속 창망한 바다처럼 넘실대는 수박 줄기 사이로 노란 꽃에 노란 수술을 들고 벌 대신 수정시키는 일을 하신다. 벌어진 노란 꽃은 장모님의 손을 거치면 오므라들고, 며칠이 지나면 작은 갈맷빛 수박이 열린다. 장모님은 푸른 수박 잎 밑으로 탱탱한 열매가 부풀어 오르는 모습에 웃음을 웃고 그 웃음소리가 너무 커 장모님께서 치성을 올리는 집 근처 연화산 옥천사 대웅전 아미타 삼존옥불이 미소를 띠기도 했다.

　둥글게 달린 열매를 보고 내 아내인 셋째 딸 뱃속의 외손자 불알

도 그려보고 푸른빛을 띠며 세종대왕이 근엄하게 그려져 있는 돈
도 떠올렸을 것이다. 이러하듯 겨울의 초원 같은 수박밭은 자손도
늘리고 배도 불렀다. 때론 일에 지치고 햇볕에 그은 얼굴에 콩나물
대가리 같은 땀방울을 흘리면서 일을 하시다가 혹여 게으름이 찾
아오면 다시금 마음을 잡고 수박에 발걸음 소리라도 들려주었다.
장모님의 수박 사랑은 남달라 하루라도 돌보지 않으면 안 되는 지
독한 사랑과 정성으로 수박을 보살폈다. 장모님은 수박을 떠나서
는 살 수가 없는 분이셨다.

손길이 갈 때마다 푸른 줄기는 뻗어가고 열매가 커가는 자연의
이치에 수박을 너무 사랑한 나머지 장모님은 지친 몸으로 세월을
맞이하였다. 어느 해 겨울 북서풍에 잘 크던 수박이 별안간 시듦병
이 들어 장모님은 자기 몸처럼 밤낮으로 돌보시다가 요관(尿管)에
덜컥 병이 나셨다. 자기가 농사지은 수박을 많이 드셨다면 수박의
성분이 이뇨를 촉진해 요관엔 병이 들지 않았을 텐데 남을 위해 정
작 자신은 드시지도 않았나 보다. 병상에서는 수박 줄기 같은 링거
호스를 매달고 수박꽃 빛의 비닐 오줌주머니를 차고 아픔을 참으
며 투병을 하셨다.

장모님에게 수박은 어떤 의미일까. 두드리면 경쾌한 소리로 익
었음을 들려주듯 두드리면 열리고, 쪼개면 붉은색으로 맛있음을
알려주듯 삶의 맛을 가르쳐주는 그 무엇이었을까. 줄무늬로 아름

다움을 드러내듯 아름다움이 무엇인지를 보여주고, 들어보면 무거움을 느끼게 해주듯 세상살이 힘듦을 깨닫게 하는 그 무엇이었을까. 상큼한 향기로 마음이 아련하듯 그리움이 무엇인지를 생각하게 하는 것이었을까. 아니면 수박 그 자체가 생명이었을까.

나는 한겨울 비닐하우스 수박의 푸름이 좋아 아내와 아이들을 데리고 이따금 찾아갔다. 거기에 가면 뜨뜻한 열기에 온몸을 땀으로 적시지만, 이상하리만큼 생기가 돌고 명결해졌다. 아마도 푸름에서 오는 힘찬 기운과 장모님의 곡진한 인생살이의 영향일 것이다. 장모님은 투병 중에도 수박 걱정으로 애를 태우시다가 비닐하우스 위로 엉성하게 눈발이 날리던 날 평생을 마주하고 살아가던 수박과도 이별을 고하며 수의(壽衣) 입고 악수(幄手)하고 멱목(幎目)한 채 염포(殮布) 묶인 버선발에 꽃신 신고 하늘로 오르셨다.

사위 사랑은 장모라고 하였는데 이제부터 처가에 가면 많이 외로울 것 같다. 내 생일날에 그 너른 수박밭에서 제일 큰 덩이를 골라 생일케이크 대신으로 붉은 수박 속살에다 촛불을 꽂고 잔치를 열어주어 감동받은 일은 잊을 수 없다. 에덴동산 같은 수박하우스를 잃어버렸고 찬란한 봄 같은 사랑도 떠나버렸다. 내가 살아 있는 동안 수박만 보면 파노라마처럼 펼쳐질 그 장면이 사랑이 되고 추억이 된다. 그리고 갚지 못한 은혜는 가슴에 품고 가야 한다.

장모님을 장인어른 옆에 고이 모셔두고 온 날, 나는 화장실 안에서 무척이나 많이 울었다. 하늘나라에서는 수박을 사랑하지 않았으면 좋겠다. 수박 한 통을 어깨에 메고 푸른색의 완행버스를 타고 집으로 가는 그때, 젊은 아내의 얼굴과 뱃속의 자식이 문득문득 스쳐 지나가고 무거운 수박이 깃털처럼 가볍던 그때는 다시 오지 않는다.

몰입의
풍경

"오늘은 공공장소 예절 지키기예요. 함부로 쓰레기를 버리거나 담배를 피우면 봉변당하기에 십상이에요. 시끄럽게 떠들거나 지나친 애정표현을 하면 눈총 맞을지도 몰라요. 우리는 다 배웠잖아요. 공공장소 예절 모두가 즐거운 생활이에요." 공익광고 '바른 생활'의 방송멘트다. 공익광고는 우리의 현실을 돌아보고 행동의 변화를 올바르게 이끌어내어 의식 수준을 높인다.

나의 사무실은 꽤 높은 층에 자리하고 있다. 멀리 등 뒤로는 금관가야 시조 수로왕과 허황옥 왕비의 신화가 깃든 신령스러운 신어산이 자리하고 있어 비가 오는 날이나 바람 부는 날은 고개를 들어 쳐다보기도 한다. 명상하듯 가만히 바라보고 있으면 마음이 고요해지고 머리가 맑아진다. 내가 좋아하는 행동 중의 하나로, 아름다운 풍경에 몰입하기 때문이리라.

심리학자 미하이 칙센트미하이는 몰입했을 때의 느낌을 '물 흐르는 것처럼 편안한 느낌', '하늘을 날아가는 자유로운 느낌'이라고 하였다. 일단 몰입을 하면 몇 시간이 한순간처럼 짧게 느껴지는

'시간개념의 왜곡' 현상이 일어나고 자신이 몰입하는 대상이 더 자세하고 뚜렷하게 보여 몰입대상과 하나가 된 듯한 일체감을 가지며 자아에 대한 의식이 시든다고 했다. 그리고 몰입의 현상은 학습과 노력을 통하여 도달할 수 있으며 자신이 몰입하고 있는 대상에 대해서는 빠르게 흡수할 수 있지만 반대로 관심이 없거나 집중도가 떨어지는 대상에 대해서는 기억조차 못 할 수도 있다고 했다. 이것이 바로 몰입의 장점이자 단점이다.

쾌청한 날은 일부러 창밖을 바라보지 않아도 낮은 건물의 옥상에 옮겨 심어진 나무와 벤치 등으로 조성된 공원이 보이고, 청춘 남녀가 벤치에 나란히 앉아 사랑을 속삭이는 모습이 가끔 보이기도 한다. 옥상 난간에는 까치가 둥지 틀 나뭇가지를 입에 물고 기웃거리고 있다. 어떤 때에는 조금 높은 건물의 투명한 엘리베이터 안에서도 남녀가 나란히 서 있는 모습이 노출된다. 둘만의 은밀한 공간으로 착각하고 남자가 살며시 여자의 허리에 손을 감고 입맞춤하며 사르르 허물어지듯 황홀하게 몰입을 하는 광경이 영화의 장면처럼 보이기도 한다. 누군가가 지켜보고 있다는 생각을 못 한 채 몰입을 하는 짓이다.

간절히 원하는 것을 이루려는 방법으로 몰입을 택하는데 사랑이 그렇고 공부가 그렇다. 특히 화창한 봄날 사랑의 몰입은 동짓달 그믐밤이 된다. 몰입하게 되면 눈은 멀어 주위는 어두워지고 몰입에 비례하여 사랑에 빠져든다. 급기야 둘만이 세상에 남겨진 것 같아 주위의 사람들은 관심 밖이 되는 이유이다. 사랑의 몰입으로 말미암아 공원이나 지하철 안에서 인간들이 다투기도 한다. 이는 심한 몰입이 다른 사람의 마음을 불편하게 한 탓이다. 절제를 벗어난 사랑의 몰입은 결국 이성을 마비시키고 사랑의 노예가 되어 사람을 흩지게 한다.

이를 바라보는 사람 대부분은 이러한 난폭함을 알기에 그냥 지나치거나 "좋을 때다." 하고 이해하려 하여 세상이 많이 변했음을 느낀다. 내가 아는 교수 한 분은 강의시간에 남녀학생이 공부에 몰입하지 못하고 옆으로 나란히 앉아 사랑에 몰입하고 있을 때가 강의하기 제일 어려워 조용히 강의실에서 퇴장을 시킨다고 한다. 교수에게는 몰입의 단점(?)이, 학생에게는 몰입의 장점(?)이 작용했다고 본다. 공공장소에서 남녀 간의 도를 넘어선 애정 몰입은 여러 사람이 눈살을 찌푸리기에 삼가는 것이 좋겠다. 동물이 아닌 인류라면 때와 장소를 가려야 하지 않겠는가.

나는 높은 층에서 간혹 아래를 내려다본다. 정체된 사유에 탁 트인 전망이 좋다. 하늘을 나는 새들도 눈 아래에 있다. 장난감처럼 움직이는 차와 푸른 새싹이 돋아나오는 가로수 사이를 걸어가는 사람들의 다양한 모습이 재미있어 한참을 몰입한다. 그러다 문득 저 멀리 날아가는 비행기의 창에 기대어 몰입의 풍경으로 나를 바라보는 또 다른 눈이 있을 것 같아 큰 기둥 뒤로 슬그머니 모습을 감추기도 한다. 공공장소에서 지나친 애정표현으로 그려지는 몰입의 풍경은 눈총 맞을지도 모른다는 '바른 생활'의 방송멘트가 가슴에 많이 와 닿는 계절이다.

쥐(鼠)

　　내 세련되지 못한 사무실 책상 위에는 허여멀거니 네모난 컴퓨터 상판 모니터가 놓여 있다. 휴가나 출장을 가지 않는 한 서로 눈길을 주며 생활해야 하는데, 마음을 준 적은 한 번도 없다. 컴퓨터를 아주 잘하는 사람을 컴 도사라고 하고 아주 못 하는 사람을 컴 봉사라고 했을 때 나의 컴퓨터 실력은 컴 봉사를 조금 벗어난 컴 초보 운전사 정도이다. 스스로 컴퓨터 전원을 켜고, 끌 수 있고 워드로 문서를 작성한다든지 마우스를 이용하여 인터넷으로 쥐 정도는 어떤 동물인지 찾을 수 있다.

　　나는 쥐가 세상에 태어난 걸 가장 슬퍼한다. 집에 살면서 소처럼 일할 줄도 모르고, 개처럼 집을 지킬 줄도 모르고, 돼지처럼 죽어서 고기를 제공하지도 못하고, 닭처럼 새벽을 알리는 재주도 없다. 몸집도 조그마하여 낮엔 구멍 속에 숨었다가 주로 남들이 다 잠을 자는 밤에 도둑같이 활동하며 세상의 모든 뒤주를 차지한다. 무슨 악한 성질이 있기에 농작물에 피해를 주고, 악질 병원체를 옮겨 사람들에게 환영을 받지 못하고 쥐꼬리, 쥐방울, 쥐구멍, 쥐뿔, 쥐며느리, 쥐다래, 쥐똥나무, 쥐벌이, 쥐젖, 심지어 "쥐새끼 같은 놈"까지나쁘거나 보잘것없는 것에 "쥐" 자를 붙이는 것을 보면 쥐는 정말하찮은 동물임이 틀림없다.

가끔 길을 가다 보면 무슨 게릴라 작전 펼치듯 신출귀몰 아주 잽싸게 여기저기 이동하는 모습이 보여 깜짝깜짝 놀라게 하는 데 최고 선수다. 추한 것에는 약하고 아름다운 것에는 강한 습성으로 꽃을 좋아하여 꽃대를 잘 잘라 먹고, 특히 얼굴이 예쁜 여자일수록 비례하여 겁을 주는데 이는 비명의 크기로 대충 알 수 있다.

생활이 고달프고 지쳐 있을 때 생각만 해도 즐거운 추억이 있다. 나는 어릴 적에 쥐를 잘 잡았다. 집에는 쥐덫이 있었는데 토끼집을지을 때 사용하는 철망과 강철로 된 철사와 용수철로 만들어진 네모난 작은 상자 모양이었다. 이 덫으로 쥐를 사로잡는데, 주로 토담밑 쥐구멍 앞이나 곳간같이 곡식이 쌓여 있는 으슥한 곳에 생고구마를 미끼로 하여 설치해놓으면 백발백중 쥐가 잡혀 있었다. 그때는 기분이 좋았다.

즐겁지 않은 기억도 있다. 한번은 추운 겨울밤에 덫에 걸린 쥐를보고 짓궂은 장난기가 발동하여 호롱에 있는 석유를 쥐에 흠뻑 부어, 추수가 끝난 논 한가운데로 몰래 들어가 불을 붙이고는 놓아주었다. 그런데 이놈의 쥐가 몸이 뜨거워 이리저리 날뛰다가 그만 논 가장자리에 쌓아둔 짚북데기 속으로 쑥 들어갔다. 그 바람에 불이 나서 동네 사람들이 다 나와 불을 끄는 한바탕 소동을 일으켰다. 그 날 밤은 철모르고 생명을 함부로 다룬 벌로 두려움에 떨며 집 안으로 발을 못 들이고 고샅을 배회하였다.

"쥐도 막다른 골목에선 고양이를 문다."는 말은 우리가 잘 알고 있는 속담으로 어떻게 보면 이것을 증명하였는데, 여기에 알맞은 철학적인 고사성어 하나가 떠올랐다. 망개일면(望開一面), 짐승을 잡더라도 대범하게 한쪽 면의 그물은 열어놓아 도망갈 출로를 남겨준다는 뜻이다. 그 당시에 이런 사실을 깨달았더라면 장난이지만 이처럼 모질게 막다른 곳으로 몰지는 않았을 것이다. 요량하여 마음에 새겨두고 교훈으로 삼고 있다.

바야흐로 세상이 많이 변했다. 내가 "쥐가 웃는 세상이다."라고 말하면 배꼽이 웃는다고 비웃을지도 모르겠지만, 실제로 사람처럼 쥐가 간지럼을 타고 웃는다고 한다. 비만을 억제하는 기니피그 쥐를 개발하여 사람의 비만 억제 방법을 연구하는 데 이용한다고 하니, 아름다워지기 위해 밤낮없이 노력하는 비만 여성들은 쥐가 전해줄 좋은 소식을 기다려봄직도 하다. 얼마 전 운동이 아닌 지방 흡입술로 살을 빼 물의를 일으킨 여성을 보고, 모름지기 내면의 수양과 덕을 닦는 데 소홀하고 외모에만 치중하는 인간들이 가소로워서 쥐가 웃었다고도 한다.

그리 오래되지 않은 신문에서 "쥐 인간"이란 기사를 읽은 적이 있다. 실험용 쥐의 뇌 속에 인간 뇌의 줄기세포를 배양하는 것과 인간화된 쥐를 만들고 이를 이용하여 질병에 대한 면역 억제제를 개발하는 연구가 활발하게 진행되고 있다고 하니 우리가 종종 불러오던 서생원(鼠生員)이 실제로 생겨난 셈이다. 계속 자라는 이(齒)와, 산후 조리도 필요 없이 몇 시간이 지나면 다시 임신하여 몇십 일 만에 새끼를 낳는 다산에, 인간의 지능까지 갖추게 된다면 그야말로 하찮은 동물에서 모두 다 부러워하는 동물이 된다.

이 기회에 절친한 친구의 비밀을 하나만 밝히자면, 이가 좋지 못해 쥐꼬리만 한 봉급으로는 금니를 할 수 없어 쥐가 부럽다고 한다. 쥐꼬리만 한 봉급이라고 하면 쥐의 꼬리는 작고 보잘것없는 것을 말함인데, 쥐가 듣는다면 퍽 자존심이 상하는 말이다. 왜냐면 쥐의 꼬리는 애무의 도구로 사랑을 나눌 때, 몸의 균형을 잡아 멋진 자태를 나타낼 때, 동료끼리 협동을 하여 계란을 운반할 때 사용하고, 무엇보다도 마개가 열린 병 속에 꼬리를 집어넣어 숨겨진 참기름, 간장, 콜라 등 맛을 보는 데 없어서는 안 될 중요한 용구이기 때문이다. 이와는 달리 꼬리보다 귀가 중요한 미키 마우스는 사람이 쥐를 주의 깊게 보아 귀엽고 똑똑하게 만든 상품으로 큰 귀 덕분에 돈을 많이 벌고 있는 것으로 잘 알려져 있다.

이를 모방하여 쥐에게 있어 무엇보다 중요한 꼬리를 봉황새의 꼬리처럼 길고 화려하게 만든다든지, 캥거루의 꼬리처럼 아주 크게 엽기적으로 만든다든지, 고래의 꼬리처럼 납작하게 하여 마음과 애정을 뜻하는 하트 모양을 한 쥐의 상품을 만들면 신지식인이 되어 돈을 많이 벌 수도 있지 않을까! 생활에 필요한 돈을 벌기 위한 사람의 생각은 끝이 없다. 여러 가지 생각으로 머리가 경련을 일으켜 갑자기 기능이 마비되어 찌릿찌릿 쥐가 나도록 발상을 엉뚱하게 가져보는 지혜도 필요하며, 사물을 보는 안목도 악이 아닌 선 쪽으로 돌려보자.

나는 쥐가 세상에 태어난 걸 가장 기뻐한다. 집에 살면서 소처럼 행동이 느리지 않고, 개처럼 고기 뼈다귀를 얻기 위해 비굴하게 꼬리를 흔들지도 않고, 돼지처럼 노력 없이 먹이를 얻지 않으며, 닭처럼 머리가 나쁘지도 않다. 몸집도 조그마하여 밤엔 구멍에서 나와 남들이 다 잠을 잘 때에도 볼 속에 먹이를 넣어 새끼들에게 가져다준다.

무슨 선한 성질이 있기에 해안과 섬 지방 고기잡이 뱃길의 안전과 농사의 풍년, 흉년을 결정해주고, 실험용 쥐는 질병 치료를 위해 희생하여 사람들에게 도움을 주고, 십이지(十二支)의 첫째인 자, 자궁, 자낭, 자방, 자부, 자실체, 자오선, 자작, 자음, 자자손손, 심지어 "자식의 자"까지 으뜸이고 귀한 것에 '자' 자를 붙이는 것을 보면 쥐는 정말 훌륭한 동물임이 틀림없다. 가끔 김동인의 소설 「배

따라기」, 한용운의 시 「쥐」, 이솝동화의 「시골 쥐와 서울 쥐」 등을 보면, 문학작품에서 독특한 소재가 되기도 한다.

어려운 여건에서도 살아남는 예지성으로 희망과 기회를 상징하여 사랑받으며, 특히 얼굴이 예쁜 여자일수록 비례해서 사랑을 받는데, 이는 거실에 있는 애완용 쥐 햄스터가 굴리는 쳇바퀴의 회전 속도로 대충 알 수 있다.

인터넷의 발달로 정보를 공유하게 되어 소유의 종말이 예상되는 세상이다. 빨강 신호등처럼 불을 밝히고 사람과 컴퓨터를 이어 주는 역할과 모니터에 나타나는 그림을 선택하고, 입력을 돕는 것을 우리는 "마우스"라고 한다. 하필이면 왜 마우스라고 했을까. 모양이 쥐(mouse)같이 생겼다고 해서 그랬을까. 아니면 밤말을 듣는 쥐가 어둠 속에서 집 안팎을 속속들이 돌아다녀 온갖 비밀을 밝히듯 컴퓨터 속 캄캄한 정보의 세계에서 숨겨진 비밀과 진실한 삶과 인생 항로를 쥐처럼 부지런히 찾으라는 의미에서일까? 혹시 사람과 쥐의 체온이 같다는 이유로 컴퓨터와 교감을 갖도록 하기 위해서는 아닐까?

구두 씨앗

어느 과학저술가는 지난 이천 년 동안 인류의 가장 위대한 발명품을 '고무지우개'와 컴퓨터의 'delete 키'라고 한 것을 책에서 읽은 적이 있다. 이는 인간의 실수를 수정하여 지우면서 잊어버리고 새로운 것을 창조해내기 때문이라고 하였다. 나무가 여름의 농염함을 잊기 위해 낙엽을 떠나보내는 가을이 망각의 계절이고 새롭게 싹이 돋아나는 봄이 창조의 계절이라고 할 수 있다.

소슬바람에 흰 구름이 소리 없이 수평으로 흐르는 가을날, 다람쥐가 먹이를 주워 모으느라 바쁜 아침나절이다. 가뭄에 콩이 나듯 한 번씩 사무실에 들러 구두를 닦고 가는 아저씨가 찾아왔다. 상고머리에 조금은 우락부락하게 생겨 좋은 인상은 아니었다. 내 구두를 보고 뒤축이 닳았다면서 한 꺼풀만 떼어내고 밑창을 바꾸는 데 만 원이고, 닦는 데 이천 원이지만 만 원에 둘 다 잘해주겠다고 하였다. 구두 굽은 새 굽으로 갈았을 경우 원래의 굽보다 너무 잘 닳는 것 같아 그냥 깨끗이 닦아만 달라고 맡기고는 책상 아래 잘 신지 않는 슬리퍼를 찾아 신고 편하게 업무를 보았다.

점심시간이 되어서 평소 친하게 지내던 후배가 찾아와 예정에 없던 점심 약속이 생겨 신발을 신으려 해도 닦으러 가져간 구두는 소식이 없다. 하는 수 없이 건물 주변과 있을 만한 곳을 직접 찾아 보았다. 안내아저씨와 청소를 하는 아주머니께 물어보아도 아는 사람이 없었다. 필경 양복에 슬리퍼 차림의 어울리지 않는 모습으로 학교 밖의 식당으로 향했다.

해장국을 한 그릇 시켜 먹고 있는 중에도 신경이 쓰였다. 식당의 종업원 아가씨는 남의 속도 모르고 계속 나의 슬리퍼만 신고 다니면서 마루에서 주방으로 분주하게 움직였다. 손님의 슬리퍼를 자기 것인 양 신고 다녀 조금 불쾌하였으나 한편으론 웃음 띤 젊은 아가씨가 내 슬리퍼를 편리하게 이용하여 보기에도 좋아 그냥 놓아두었다. 식사를 마치고 일어서자 그 아가씨가 살짝 미소를 보냈다. 미안하다는 뜻으로 받아들이고 사무실로 돌아왔지만, 그때까지도 바라던 내 구두는 와 있지 않았다.

퇴근 시간이 다 되어가자 이제는 온갖 상념으로 머리가 복잡해졌다. 그리 좋은 구두는 아니어도 아내가 결혼기념일 선물로 사준 구두이기에 잃어버리고 슬리퍼를 신고 퇴근하였을 때 아내의 반응도 떠올랐다. 화난 표정과 웃는 표정 그리고 어처구니없는 표정이 떠오르고, 그중 어떤 반응을 보일지도 궁금했다. 다른 사무실에 수소문해보았다. 교무처의 과장은 오전 일찍이 맡겼는데 성의도 없이 대충 닦고 가져와서 온종일 기분이 상했다고 하며, 사무처의 과장은 구두를 닦고 밑창에 미끄럼방지 고무판을 덧대어 삼만 원이나 주었으나 하루가 다 가기도 전에 덧댄 고무가 떨어졌다고 불평을 하였지만 정작 내 구두는 찾을 수가 없었다.

마지막으로 지하 계단 밑까지 찾아보고는, 여러 가지 상황으로 보아서 나쁜 사람이 가지고 가버렸구나! 포기하고 투덜투덜 사무실로 올라오는데, "늦은 시간에 퇴근 안 하시고 슬리퍼를 신고 어딜 가십니까?" 하고 다른 안내아저씨가 반갑게 인사를 하였다. 자초지종을 이야기하니 "그래요?" 하고는 고개를 갸우뚱하며 따라오라고 했다.

건물 입구 현관문 앞에 도착하여 둥근 안내 탁자 밑을 살피더니 구두 한 켤레를 내놓으며 내 것인지 물어보았다. 얼핏 보아도 분명히 내 구두가 맞았다. 반갑기도 하고 허탈하기도 한 복잡한 심경을 맛보는 순간이었다. 아저씨는 오전에 높은 분이 찾아와서 현관 앞에서 마중하는데 구두 한 켤레가 가지런히 놓여 있어 이상하여 탁자 밑으로 옮겨 놓았다고 했다.

퇴근할 마음을 미룬 채 왜 구두가 거기에 있었을까? 하고 책상 앞에 앉아 곰곰이 생각해보았다. 내가 학교에 근무하면서 처음으

로 구두를 닦아달라고 맡겼으며, 아저씨는 아무런 까닭 없이 여러
사무실을 돌며 구두를 모아다 닦고 수리하면서 섞이게 되고, 기억
을 더듬어 구두주인을 다 찾아주었으나 한 켤레가 남게 되었는데,
남은 구두의 주인이 누구인지 잊어버려 궁리하다가 사람의 왕래가
잦은 현관 앞에 두고 가버린 것이라고 볼 수밖에 없었다. 생각이 여
기에 미치니 나쁜 사람은 아니었다는 느낌이 들었다.

　아저씨를 생각하면 엉뚱하게도 다람쥐가 떠오르는 것은 무슨
이유일까? 다람쥐는 자기가 먹을 도토리를 땅속 여러 곳에 숨겨두
는데 다 찾아 먹지 못하고, 남겨진 도토리는 씨앗이 되어 나무가
된다고 한다. 이는 잊어버리기 때문에 생겨나는 일로 도토리나무
가 사라지지 않고 살아남아 생태계가 유지되는 큰 역할을 하는 것
이다.

　이런 사실을 보더라도 지난 이천 년 동안 인류의 가장 위대한 발
명품을 어느 과학저술가가 '고무지우개'와 컴퓨터의 'delete 키'라
고 한 것이 이해가 되며, 지우면서 잊어버리는 일이 중요하다는 것
을 새삼 깨달았다. 그럼 다람쥐처럼 아저씨가 잊어버리고 찾아 주
지 못한 내 구두도 씨앗이 될 수 있었을까? 찾지 못했을 때 구두의
미래를 상상해 보았다.

한글과
웃음

　　세종대왕께서 훌륭한 한글을 만들 때 사람의 웃는 모습을 보고 만들었다면 거짓말일까? 처음의 웃음소리는 힘차게 가나다라의 가갈갈갈로 시작되는 것은 분명한 것 같은데…….

　　정말로 웃음에 인색한 사람이 나다. 이유가 있다면 치아가 고르지 못하여 이를 드러내기 부끄러워 웃음을 참아왔기 때문이다. 매력적인 몸짓언어가 이가 보일 정도로 활짝 웃는 웃음이다. 이 판에 입을 꾹 다물고 항상 무표정한 얼굴로 지내다가 어쩌다 한 번씩 미소(微笑) 지으면 보는 사람이 조소(嘲笑)로 오해하여 그냥 얼굴을 돌려버린다. 이를 만회하기 위하여 얼굴에 웃음을 띠어도 이 또한 실소(失笑)로 정신 병원에 있어야 할 이상한 사람으로 오인하고는 획 돌아서 가버린다. 미치고 환장할 노릇인 어이없는 일을 가끔 당해왔다.

　　이러한 사유로 총각 시절에는 여자를 사귀지 못하고 노총각으로 늙어가며 맞선을 수없이 보았다. 웃을 때마다 이를 보이기 싫어서 손을 가리고 호호호 웃다 보니 남자답지 못하다고 상대편에서 딱지를 놓아 서른을 훨씬 넘겨 결혼했다. 박하게 웃어서 손해를 보는 일례로 나이에 비하여 조금 늙어 보인다는 소리를 종종 듣는다. 이렇듯 웃음이 나에게 준 영향은 자못 크다 하겠다.

한때 취미로 사진 찍기를 좋아하고 찍는 기술도 남들만큼은 된다고 자부했지만 정작 나의 사진은 많지 않다. 까닭은 카메라 앞에만 서면 표정이 굳어져 상그레 웃음을 짓고자 노력하면 할수록 선웃음이 지어지는데 곡절이 있었다. 사진사가 고개 들어 앞을 바라보며 소싯적 추억을 회상하면서 웃는 표정을 짓고, 그것도 안 되면 겨드랑이에 손을 집어넣어 간지럼을 태우라고 주문해도 잘 안 된다.

웃음의 반대인 울음도 건강에 좋다. 한바탕 신이 나게 울어도 기분이 상쾌해진다. 내가 동갑내기들보다 그나마 많이 늙어 보이지 않게 사는 이유는 슬픈 영화나 책을 보면서 자주 눈물을 흘리기 때문이다. 이 눈물 속에 유해성 물질이 들어 있어 그 덕을 톡톡히 보고 있다. 하루는 초등학생인 아들 녀석이랑 둘이서 슬픈 영화를 보는데, 옆자리에 앉은 아들의 흐느끼는 울음소리가 들렸다. 옆구리를 꾹 찌르면서 왜 우느냐고 물으니, 아침에 좋지 않은 비누로 세수하여 눈이 따가워 눈물이 흘러나오고 있단다. 슬픈 감정에 웃음이 나와 묘한 기분이 되었다. 젊어지고 싶은 사람은 많이 울고 웃으면

된다.

　남을 웃기는 방법을 말해볼까 한다. 책도 기술도 필요 없고 진심이 필요하다. 그리고 할 수 있다는 긍정적인 사고로 먼저 웃고 상대방을 좋아하면 된다. 사회에 대해 비판적이거나 자신에 대해 비관적이면 다른 사람에게 웃음을 줄 수 없다. 무엇이든 잘할 수 있고 매일 웃어야 한다는 결심을 하자. 여기에 더하여 모든 일을 한번 뒤집어 생각해본다. 생각의 전환으로 해서 다른 면을 발견할 수 있고 남을 웃길 수도 있으므로 좋은 방법이다. 웃음보가 터진 사람의 웃음소리는 재미가 있어 옆 사람까지 웃게 한다. 간혹 웃다가 방귀가 나오면 웃음에 가속도가 붙기도 하는데 드문 일이다.

　웃음소리를 한글로 표현하면 껄껄, 낄낄, 방긋, 빙그레, 빙긋, 생긋, 싱글벙글, 크크, 킥킥, 하하, 해죽, 헤벌쭉, 헤실헤실, 헤헤, 호호, 후후, 히히 등등이 있다. 웃음에 관한 사자성어로 가가대소(呵呵大笑), 박장대소(拍掌大笑), 요절복통(腰折腹痛), 치자다소(痴者多笑), 파안대소(破顏大笑), 포복절도(抱腹絶倒), 홍연대소(哄然大笑), 희희락락(嬉嬉樂樂) 등등이 있다.

　이 밖에도 이야기하면서 웃는 웃음을 언소(言笑), 가만히 웃는 웃음을 잠소(潛笑), 자지러지게 웃는 웃음을 절소(絶笑), 시끄럽게 웃는 웃음을 화소(譁笑), 억지로 웃는 웃음을 습소(濕笑)라고 한다. 이런 웃음을 흉내 내며 의미하는 뜻을 새기면서 많이 웃어보자. 치자다소로 오해를 좀 받으면 어떠랴. 웃음 가락을 타고 세상 한번 흐드러지게 살다 가자. 간혹 동물들도 웃는다고 하지만 웃는 존재는 사람뿐이다. 이것은 특권이기에 사람다워지고 즐거워지기 위하여 많이 웃어야 한다.

세종대왕께서 훌륭한 한글을 만들 때 사람의 웃는 모습을 보고 만들었다면 거짓말일까? 우리나라 백성들은 웃음의 종류만큼 웃음을 좋아한다. 마지막의 웃음소리 또한 웃다가 지친 카타파하의 하할할할로 끝나는 것으로 볼 때 지나칠 수는 없다.

끈

시골집의 뒤란에는 시누대 밭이 있다. 시누대 밭은 뒤란에서 뒷동산으로 이어진다. 뒷동산에 올라가기 위해서는 대밭을 지나가야만 했다. 대밭에서는 새들과 지네, 두꺼비, 구렁이, 지렁이와 개미 같은 작은 벌레들이 나왔다. 이런 동물들은 나를 놀라게 하기도 했지만, 따분할 때 없어서는 안 될 친구들이었다. 찬 겨울바람에 댓잎이 사각거리며 날리는 소리는 무서움을 주었고 한여름 댓잎 날리는 소리는 시원함을 주었다. 마디마디 속을 비우며 나의 마음속에다 서정을 채워준 시누대는 어릴 적 장난감으로 이용되었다. 내가 필요로 할 때 미안한 마음으로 베어다가 활과 화살을 만들고 고기잡이 낚싯대로 사용하기도 했으며 연을 만들 때 연살로도 썼다.

나는 연을 잘 만들었다. 여문 시누대를 잘라 네 등분으로 쪼개고 대의 껍질에 속살을 조금만 남기고 매끈하게 다듬은 연살에다 밥풀을 묻혀 방구멍이 뚫린 한지에 머리, 허리, 가운데와 대각선으로 꼭 눌러 붙였다. 밥풀이 마르면 연살의 양 끝에 실을 묶어 적당히 휘어서 마무리하면 훌륭한 연이 완성되었다. 이렇게 만들어진 연은 내가 만든 창조물로 분신 같았다. 방패연보다는 꼬리연을 만들어 날리기를 좋아하였다. 방패연은 씩씩하게 보였지만 멋이 없고 바람에 공중제비를 많이 돌았다. 대신 꼬리연은 아기자기한 멋이 있었다. 중심을 잡고 있는 가운데 긴 꼬리와 양쪽 짧은 꼬리를 바람에 날리며 나풀거리는 모양이 가려했다.

어머니가 장롱 속에 넣어둔 실타래를 꺼내어 나의 양팔에 걸고 통조림을 먹고 남은 깡통에 감아서 주면 나는 연에 묶어 뒷동산에 올라 연날리기를 하였다. 탱자나무 울타리를 넘어 시누대 밭을 지나 동산 위 햇살 받으며 동그마니 앉아 연에게 시선 주는 나는 순진무구했다. 얼굴은 앳되었고 깡통얼레를 잡고 있는 손은 추위에 빨갛게 얼었다.

실에 묶여 바람의 힘으로 날아오르는 연이 파란 겨울 하늘에서 춤을 추어 바라보기만 해도 좋았다. 태양의 앞에서 날고 있을 때에는 바로 바라보지 못해 손으로 빛을 가리고 쳐다보았다. 바람 따라 종일 춤추게 하다가 저녁 어스름 갈까마귀떼 하늘로 오르면 언덕길 따라 내려왔다. 나는 연을 좋아한 나머지 잠을 잘 때에도 머리맡에 두고 잤다. 그러면 연처럼 하늘을 마음껏 날아다니는 꿈을 꾸기도 하였다.

바람이 좋은 날은 연을 높이 띄웠다. 멀어질수록 연은 작아져 한 점 점으로 가물거린다. 바람이 조금 세차게 불면 연이 공중제비를 돌아 얼레의 실을 살짝 풀어주고 바람이 약하면 연이 밑으로 가라앉아 얼레의 실을 조금씩 감아가며 놀았다. 솔개처럼 높이 나르는 연에게 소원을 담은 나뭇잎을 연실에 끼워서 날려 보내기도 했다. 오줌이 마려우면 커다란 돌멩이를 주워 깡통얼레를 눌러놓고 볼일을 보았다. 한번은 갑자기 회오리바람이 불어 연실이 끊어지고 말았다. 끈이 떨어진 연은 자유롭게 바람에 몸을 맡기고 밑으로 가라앉으며 멀어져 시야에서 벗어나버렸다.

분신 같은 연을 날려 보내고 나니 아쉬움이 왈칵 밀려와 무작정 연을 찾으러 나섰다. 마을을 가로질러 연이 떨어졌을 것으로 짐작되는 맞은편 험한 산을 올라 한참을 찾았다. 거기에서 나무를 하는 친구의 아버지를 만났다. 나뭇짐 위에는 길쭉한 돌멩이에 연실이 가지런히 감겨 있는 연이 있었다. 내 것이라며 달라고 하자 친구의 아버지는 돌멩이에 감겨 있는 연실을 아들인 내 친구에게 조금만 나눠주었으면 좋겠다면서 연을 내려주었다. 기실 그 친구의 집은 가난하여 연실을 살 돈마저 없어 보였다. 하지만 철부지 욕심에 연실을 나눠주지 않았다.

끈이 떨어진 연을 생각하면 사람 사는 일과 다름없다. 내가 만든 연이 나의 분신이라면 양지바른 언덕바지에서 내가 마음껏 하늘을 날 수 있도록 끈을 잡아준 것이다. 바람에 휩쓸려 끈이 떨어져 멀리 가뭇없어진 연을 찾아가는 길은 나를 찾는 희망이다. 최근에 나를 분신으로 여기며 보이지 않는 끈을 잡아준 어머님마저 여의었다. 끈을 잡아주는 사람이 없다는 처지는 슬픈 일이다. 끈 떨어진 연이 바람에 자유롭게 몸을 맡겨 땅으로 떨어지듯 지금부터는 땅으로 돌아가는 여정이다.

다른 한편으로는 내가 아이들의 끈을 잡아주는 위치에 와 있다. 세상에서 마음껏 춤출 수 있도록 자식들의 끈을 잡아주는 사람이 되어 있다는 것은 연을 날리듯 하늘을 우러러보는 것이다. 부모의 끈에서 떨어지면서 자식의 끈을 잡아주는 대대로 이어지는 연(緣)의 끈은 살아감을 깨우쳐준다. 떨어진 연이면서 희망을 찾아 나서는 사람은 외롭다. 물끄러미 시누대 숲을 바라보고 있다. 내가 어른이 된 지금 시린 겨울 동산에 주인도 없는 시누대가 바람에 흔들린다.

어울늪

개구쟁이 시절에 어우러져 놀던 늪이 사라지고 없다. 늪과 함께 추억도 사라져버렸다. 내가 사는 도심의 거리에 4대강 사업으로 덤프트럭이 지나다니는 것을 보면 위험하기도 하지만, 어릴 적 마을 앞을 질주하며 어울늪을 메우던 트럭과 불도저가 떠오르기도 한다.

내가 다녔던 초등학교는 늪의 반대편에 있었다. 학교에 가려면 몇 십리 길을 둘러서 가야 했다. 신작로를 가다가 둑길을 거쳐 개울을 건너 들길을 지나야 학교에 닿았다. 또래의 친구들과 모여 내처 자연 속에서 학교에 다녔기에 재미가 있었다. 늪을 가로지르는 직선거리는 가까워 바로 눈앞에 학교가 보였다. 등교할 때는 길 따라 둘러서 가고 하교할 때는 길이 없는 늪을 가로질러서 집으로 왔다. 늪을 건너는 방법은 철마다 달라 공부보다는 학교 갔다가 돌아오는 재미가 더 컸다.

꽃피는 봄이면 겨울잠에서 나온 개구리와 알에서 부화하는 올

챙이를 보며 신기해하고, 물뱀을 미루나무 막대기로 쫓으며 파릇 파릇 새싹이 돋아 나오는 논둑길을 걸었다. 둑에는 솥뚜껑만 한 자라가 햇살에 몸을 말리고 있기도 했다. 햇볕이 따뜻한 날은 밀밭 고랑에 숨겨둔 대나무 낚싯대로 물고기를 잡다가 지겨우면 물수제비를 뜨고 해가 뉘엿뉘엿 기울면 집으로 왔다.

여름이면 마름과 어리연꽃, 가시연꽃 위로 소금쟁이가 기어 다니고 가끔은 소가 늪 안에서 더위를 식히고 있었다. 벌거숭이로 물놀이하다가 옷이 물에 젖을까 봐 옷을 벗어 높이 치켜들어 만세를 부르는 모습으로 늪을 건너서 집으로 왔다. 물결을 일으키며, 불어오는 바람을 맞으며 까맣게 탄 얼굴을 맞대고 친구들끼리 저녁때 수박 서리 모의를 하던 그때가 아련하다. 서리 후 늪 가로 가면 쏟아지는 여름밤의 별빛은 또 얼마나 찬연한지, 가끔 붕어가 뛰어올라 별빛을 흩트려놓지만 잠시 후 다시 고요로 돌아갔다.

가을이면 담백색 꽃의 갈대와 소시지 모양으로 꽃을 피운 부들이 군락을 이루었다. 생이가래, 자라풀, 붕어마름, 줄, 창포 사이로 개구리밥이 떠 있는 곳에서 대소쿠리로 미꾸라지를 잡다가 햇볕이 따가우면 소쿠리를 머리에 쓰고 물속에 알을 낳기 위해 꼬리를 담그는 왕잠자리에 한눈을 팔면서 느릿느릿 집으로 왔다. 물에 비친 파란 하늘의 낮달과 작은 흰 구름은 마치 늪 속에 사는 신비로운 생물 같다는 느낌을 받았다. 물풀 사이로 살금살금 걸어서 먹이를 잡는 황새에게 돌멩이를 던져 정적을 깨트리기도 했다.

겨울이면 얼음장 밑으로 흙탕물을 일으키며 잉어와 가물치가 노니는 장면을 얼음 위에 엎드려 신기한 듯 들여다보았다. 발이 시리면 마른 소똥을 주워서 불을 피워 썰매 앞에 매단 채 썰매를 탔다. 얼음 위에서 팽이치기하다가 손이 꽁꽁 얼면 주머니에 손을 넣고 멀리 얼음이 얼지 않는 숨구멍에서 어부가 쪽배를 타고 가래질로 물고기 잡는 풍경을 바라보기도 했다. 호기심에 기러기 떼가 쉬고 있는 곳으로 달려가 기러기를 내몰아 저뭇한 곳으로 날아서 잠적해 가는 풍광을 물끄러미 바라보며 집으로 왔다.

이렇게 초등학교를 졸업하고 내가 중학교에 진학하자 큰 덤프트럭과 불도저가 시커먼 매연과 흙먼지를 날리면서 왔다 갔다 하더니 태고의 늪을 큰 들로 바꾸어 놓았다. 애석하게도 내 어릴 적 추억 전부를 앗아가 버렸다. 내가 자란 마을의 이웃에 우포늪이 자리하고 있다. 지금은 잘 보존되어 국내 최대의 자연 늪지로, 생태계 특별 보호구역이 되었고 나아가 국제습지조약 보존습지로 지정되어 국제적인 습지가 되었다.

어울늪도 이에 버금가는 습지였지만 지금은 들로 변해 있어 아쉬움이 크다. 물론 늪을 들로 만들어 곡식을 생산하였기에 지금에 와서 생활이 나아졌다고 할 수도 있다. 하지만 이것이 자연이 주는 은혜보다 클까? 개구쟁이 시절에 어우러져 놀았던 어울늪, 이름조

차 정겨운 늪이 사라짐으로 나의 아름다운 추억까지 묻혀버렸다.
사람은 죽어서 자연으로 돌아간다. 돌아갈 자연이 없다면 영혼은
인공의 황량한 도시를 떠돌 것이다. 영혼의 안식을 바란다면 자연
속에서 자연과 더불어 살아야 한다. 그럼에도 지금 저 앞에는 4대
강 사업으로 그 누군가의 추억을 실은 덤프트럭이 어디론가 쏜살
같이 달려가고 있다.

* 어울늪은 경남 창녕군 유어면 진창리, 효암리, 어울리, 광산리,
신문리, 풍조리, 작달리에 걸쳐 있었던 우포늪 크기 정도의 늪이었다.
개발이라는 명목아래 지금은 논으로 변했다.

오래된 신문을
보면서

고기를 굽다가 바닥에 기름이 묻지 않게 깔아놓은 오래된 신문을 읽는다. 지난 신문을 읽다 보면 과거의 보도내용과 현재를 비교하는 과정에서 오는 재미도 있거니와 인생을 되돌아볼 때가 있다. 지천명의 나이를 지나 인생을 되돌아보니 세월이 인간을 만든다는 사실을 느끼며 마치 타임머신을 타고 그때 그 시절로 돌아가 나는 무엇을 하고 있었을까 생각을 한다.

신문에는 대개 악하거나 유명한 사람들이 등장한다. 예전에는 신문에 나오는 인물들이 나에게 공감을 주지 못했다. 세상에 관해 관심이 없었고 신문에 나오는 그들이 나와는 다른 외계의 사람으로 보였기 때문이다. 지금에 와서는 신문의 기사 하나하나가 마치 내 이웃의 이야기처럼 다가온다. 중년에 접어들면서 뱃살이 불어오듯이 쓸데없는 관심마저 커져 못방치기가 되어버린 것일까? 몸 안에 세월이 차오를수록 세상사에 깊이 빠져드는 느낌이다.

정치하는 인간들의 싸움을 보면 안타깝고, 악한 사람에 의해 해를 당한 선량한 사람이 나오면 애석한 마음이 생기고, 정의로운 사람이 나오면 박수를 보내고 싶고, 유명한 사람이 나오면 예전과는 다르게 공감이 가는 사람도 생긴다.

대체로 내가 공감하는 사람은 내 꿈의 대상이었다. 소년 시절에 누군가 나에게 꿈이 뭐냐고 물어왔을 때 기분에 따라 대답을 달리했던 기억이 아슴푸레하다. 기분이 좋고 즐거우면 무하마드 알리 같은 권투 챔피언이었고, 기분이 나쁘고 우울하면 라이너 마리아 릴케 같은 시인이었다.

기분이 좋을 때는 나도 모르게 허공에다 주먹질을 해대며 링이라는 세계 위에 우뚝 서고 싶어서였고, 기분이 나쁠 때는 공상으로 밤을 꼬박 지새우며 어둡고 구석진 곳으로 몸을 내몰아 글을 잘 쓸 수도 있겠다 싶어 그렇게 대답을 했던 것 같다. 지금도 신문에서 운동선수와 시인을 접하면 모든 역경을 이겨내고 성취한 인격자로 다가온다. 알리와 릴케는 지금도 신문지상에서 회자하여 좋은 스승으로 내 가슴속에 담아두고 있다.

신문은 아침에 반듯한 네모로 펼쳐져 글로써 희비애락(喜悲哀樂)을 담아 세상일을 알려주고 저녁이 되면 지면을 접었다. 그 글은 어떤 때에는 사랑을 받고 어떤 때에는 욕을 먹고 내팽개쳐지기도 한다. 간혹 허름한 술집에서 벽지대용으로 발라져 있다가 읽히는 경우도 있다. 비록 짧은 하루를 건너지만 우리에게 던지는 메시지는 크다.

신문은 말을 한다. 깨알 같은 글씨로 말하는 자유로움이 좋다. 초등학교 고학년 시절 아버지가 노름꾼인 친구가 있었다. 그 친구의 아버지는 어린 내가 보기에도 행실이 좋아 보이지 않았다. 나는 친구 누구의 아버지는 노름을 잘한다고 생각없이 말하고 다녔다. 어느 날 그 친구의 아버지가 학교로 나를 찾아왔다. 내가 자기를 노름꾼이라고 소문을 냈다면서 학교건물 뒤편으로 끌고 가 두들겨 팼다. 노름을 잘해 잘한다고 말했을 뿐인데 흠씬 두들겨 맞았다. 이 일로 해서 마음의 상처를 크게 받았으며 이후 나는 말을 하기 전에 생각을 하게 되었고 이로 말미암아 말이 느려져버렸다. 신문도 이러한 일을 당할 수가 있을까?

신문의 글이라고 해서 모두 다 유익하지는 않다. 그래서 나는 신문을 볼 때 책과는 반대로 뒷장부터 읽는다. 매양 차례대로 읽어야 한다는 관념을 거스르는 묘미도 있거니와 뒤에 실린 내용이 유익하고 재미가 있어서이다. 앞장으로 올수록 재미가 반감되어 정치 경제 관련 기사는 분통이 터져 읽지 않을 때가 많다. 주로 칼럼을 많이 읽는다. 칼럼에는 세상 돌아가는 이야기와 한 사람의 얽매이지 아니한 주장과 그에 따른 근거가 들어 있어 도움이 된다. 신문에 게재된 여러 가지 사진도 즐겨 보는 편이다.

신문은 일어나고 있는 일로 옳고 그름을 말하고 우리에게 재미와 희망을 주기도 한다. 신산한 생활을 하면서 작은 일에도 의미를 부여하며 살아가는 사람들의 이야기를 접하면 살아볼 가치가 있다는 희망을 얻는다. 요즘 들어 패배자가 되어 세상살이가 힘들어졌다는 사람들이 많다. 최소한 희망을 주는 사람이 될 순 없을지라도 삶에 대한 방관자는 되지 말아야겠다고 다짐한다.

오래된 신문 보기는 번잡한 세상살이에 여유를 준다. 모두가 지난 일이기에 부담이 없다. 과거는 생각하라고 있으며, 현재는 일하라고 있고, 미래는 즐거우라고 있다는 말이 새삼 떠오른다. 무엇이든 할 수 있을 때 온 힘을 다해 삶을 살아야겠다. 살아가는 것은 신문을 보는 일일 수도 있다. 고기를 굽다가 오래된 신문을 보면서 옛날을 회상하고 내 삶에 대한 새로운 방향을 찾고 있었는지도 모르겠다.

동행

동무 같은 형으로 막역한 사람이 있다. 손에 나무만 쥐여주면 무엇이든지 만들어내는 신비로운 재주가 있는 목수다. 그의 취미는 수석으로 형상이 묘한 자그마한 돌을 주워 멋진 좌대를 만들어내는 솜씨 또한 일품이었다. 나는 취미가 난 기르기이지만 여기에 더하여 이 사람의 영향을 받아 수석도 취미로 가져보기로 하였다.

맨 처음 탐석을 한 날은 잊을 수가 없다. 초겨울 이른 새벽 이 사람과 함께 오석의 모양석과 진녹색 바탕에 아름다운 무늬의 문양석이 많이 나와서 유명한 동해안의 한 바닷가로 향했다. 파도소리 잔잔한 그곳에는 먼저 온 일행 몇몇이 밀레의 만종을 연상시키는 모습으로 탐석을 하고 있었다. 눈앞에 조그만 어선이 정박해 있는 한가로운 풍경과 바다 냄새에 정신은 맑아지면서, 저절로 박두진 시인의 「난과 수석」이라는 수필 중 일부분이 떠올랐다. "난이나 수석을 사랑함은 다 속기(俗氣)를 벗어나 초연한 경지에 다다르는 하나의 길일 텐데 요즈음 나는 너무 수석에 마음이 이끌려 도리어 속기에 빠져들어 가는 것이나 아닌가? 스스로 경계하며 있다." 이를 새기면서 투명한 바닷물에 발을 담근 채 지천으로 널린 돌을 집었다 놓았다 하면서 수석을 고르기 시작하였다.

탐석은 기나긴 세월 동안 거친 파도에 씻겨온 파란만장한 돌멩이의 생을 직접 본다는 것 자체만으로도 상당한 기쁨을 주었다. 밝아 오는 아침 햇살을 받으며 부지런히 동물 모양을 한 모양석과 문양이 들어 있는 문양석을 주워 수석으로서의 가치가 있는지 그에게 물었다. 욕심이 가득 찬 마음으로 돌을 모으기만 했다면서 가차없이 모두다 바다 속으로 집어 던져버려 야속한 기분은 이루 헤아릴 수가 없었다.

다시 시작하여 사람의 얼굴 모양을 한 돌을 주워 보여 주었더니 아쉬운 대로 이 돌 한 개만 기념으로 가지고 돌아가자고 했다. 그러면서 자기가 좌대를 만들어주겠노라며 허름한 조끼 주머니에 집어 넣었다. 나는 거기에서 바닷속 깊은 곳에서 돌을 주워다 팔고 있는 해녀를 처음 보았으며, 그 사람은 해녀에게서 짝이 될 만한 푸르스름한 빛을 띠는 문양석 두 개를 싼 가격에 사고 탐석을 마쳤다.

며칠 후에 만났을 때 그는 신문지로 정성스레 싼 묵직한 물건을 내게 주었다. 풀어보니 예전의 그 돌에 흑단으로 양복을 잘 맞춰 입은 몸체의 좌대를 만들어 총각 모습을 한 멋진 수석이 들어 있었다.

이 수석을 잘 보이는 곳에 두고 즐겁게 감상하면서부터 수석에 심취하여 어딜 가든 수석 가게만 있으면 구경을 하였다.

어느 날인가 경주에 가게 되었는데 기념품과 같이 수석을 전시해놓고 파는 가게가 있었다. 찬찬히 수석을 둘러보다가 한쪽 구석에 예쁜 저고리를 입은 모양의 좌대 위에 동그랗게 파인 눈의 아가씨 모습을 한 수석이 눈에 들어왔다. 집에 있는 총각 수석이 생각나 짝이 될 것 같아 사야겠다고 작정하여 가격을 물어보니 내가 예상한 금액보다 비싸 구매를 하지 못했다. 아쉬운 마음으로 돌아와서는 집에 있는 수석을 볼 때마다 외로워 보여 사 오지 못한 것이 후회스러웠다.

그렇지만 일부러 그걸 사러 갈 수도 없는 노릇이라 묘연하게 지내다 잊힐 그즈음 다시 경주에 갈 일이 생겼다. 도착하자마자 제일먼저 그 가게로 찾아가 아가씨 수석이 있는지 살폈다. 기나긴 시간이 지났음에도 다소곳이 그 자리에 있어 무척 반가웠다. 모든 사물에는 임자가 따로 있는 법이라는 말을 실감하며 그것을 사 집에 있는 수석 옆에 가만히 놓으니 멋진 내외가 되었다. 매일매일 다정히 서 있는 모습을 보면 정말 잘 어울린다. 우선 정감이 있고, 약간 삐뚤게 웃는 순수한 모양새에 유머가 풍기고, 결혼 당시의 옛 추억을 떠올릴 수 있어 좋다. 자연 그대로의 미완의 얼굴을 한 부부의 인상이야말로 진정한 아름다움이 아닌가 한다.

　수석을 좋아하는 사람들은 '일생일석' 을 찾는다. 이는 평생을 통해 자기가 추구하는 이상적인 하나의 수석을 소유하는 것이다. 남들은 대수롭지 않게 볼지언정 나는 첫 탐석에서 일생일석을 하였다고 믿고 있으니 앞으로의 탐석에는 마음 비울 일만 남았다. 비록 보고 즐기는 무생물인 관상용 돌이지만 짝을 찾아 연분을 맺어주어 흐뭇하다. 인위적으로 떼어놓기 전에는 끝없는 세월을 해로할 것이다. 혼자 가끔은 돌의 고향인 바다와 파도 위를 나는 갈매기를 그리워하고, 바닷속 별주부전 무대도 상상하며 삶을 짓는다. 더불어 이 수석처럼 아내와 같이 한평생을 동행한다는 약속도 한다.

비에
물어보면

우산의 손잡이는 왜 물음표 모양이 많을까? 비는 안개처럼 공기 중에 떠 있지 못하고 왜 지상으로만 떨어질까?

하늘의 품에 있는 비무리에서 비가 내린다. 같아지는 것은 어려운 일이지만 창밖을 지그시 바라보면 비와 같아진다. 영혼까지 비가 되는 느낌이다. 밖을 보라고, 조용히 바라보라고 비는 노래를 부르며 떨어져 흐른다. 내 마음까지도 훔치는 비에 팔짱을 끼고 동공을 푼 채로 고개를 기울이면 많은 생각이 쏟아져 나온다.

어머니의 무덤을 지키려는 청개구리의 후회하는 소리가 들려오고 삿갓 쓰고 우장 입고 삽으로 논의 물꼬를 트고 계시는 아버지의 모습도 보인다. 찢어진 대나무 비닐우산을 쓰고 소 치러 갔다가 홍수에 떠내려간 동네 어린 여자아이, 기둥서방 주먹질에 맨발로 빗속으로 야반도주한 면 소재지에 있는 꽃다방 아가씨, 죽은 할머니 그리워 무덤가에서 비를 맞으며 등 굽는 소나무에 새끼줄로 목을 맨 이웃동네 할아버지가 내리는 비에 모자이크로 살아나 쓸쓸한 표정으로 웃음을 짓고 있다.

창밖에는 바람 소리 소슬하게 들려오고, 석류나무가지 사이로 낮게 날아드는 오목눈이 한 마리 비를 맞으며 고개를 갸웃거리는 몸짓에 여기저기에서 생명이 푸르게 태어나고 있다. 비는 두꺼비를 밖으로 불러내고 사람의 마음을 가두는 성질이 있다. 꽃과 식물을 깨끗이 씻기고 사나운 짐승도 고운 빗소리를 들려주어 순하게 변화시킨다. 뚜껑 덮인 장독들이 옹기종기 모여 있는 장독대 위의 희뿌연 풍경에 먼 산은 길 떠나듯 멀어져 있고 눈앞의 팔손이 나뭇잎은 이별을 고하는 손처럼 흔들린다.

나는 우산 쓴 나그네 차림으로 꽃잎을 띄운 작은 물살이 흐르는 촉촉한 땅을 밟고 빗속을 거닐고 싶어진다. 비는 왜 발밑으로 스며들어 몸을 낮출까? 빗물을 머금고 자라는 나무의 뿌리처럼 호흡하고 싶다. 그러나 나는 비가 오는 풍경에 갇혀 밖으로 나갈 수 없다. 푼푼한 비에 몸집 키우며 다가오는 나무들의 위로가 고맙다. 무덤가 도래솔에서 피어오르는 구름을 물끄러미 바라만 볼 뿐 잡지는 못한다. 느리게 떠나가는 모습에서 내가 살아 있음도 느낀다.

세월 앞에서 지난 일을 회상하면 참 얄미운 비가 있다. 내 결혼식 날에 촉촉히 내린 보슬비, 약속시각에 맞춰 멋지게 차려입고 길을 나설 무렵 예고도 없이 내리는 소나기, 자동차 여행길에서 만나는 는개는 얄미웠다. 하지만, "결혼식 날에 비가 오면 잘산다."라는 옛말이 있어 가슴에 새겨 잘살고 있고, 소나기는 거리를 깨끗하게 씻어주어 사람을 만나기 전에 맑은 마음을 갖게 해주고, 는개는 안 개처럼 시야에 들어오므로 조심하여 운전하면 여행하는 맛을 더해 준다. 그리고 맞선보는 날이나 데이트하는 날에 비가 오면 어떨까? 비가 내리면 감성이 풍부해져 많은 대화를 할 수 있다. 남자는 거리 를 다정하게 거닐다 자동차 바퀴로부터 튕겨 오는 빗물을 막아주 는 등 에스코트할 기회가 많아져 인연이 잘 맺어지기에 좋다. 그럼 비와 인연의 관계는 연인일까?

　비가 오는 풍경을 한참 바라보고 있노라면 그 무엇인지 모를 외 로움에 한 권의 시집을 찾게 되고 나는 침대 위에 엎드린다. 비가 오는 날은 시 읽기에 무척 좋다. "비를 좋아하는 사람은 과거가 있 단다./슬프고도 아름다운 사랑의 과거가……//비가 오는 거리를 혼 자 걸으면서/무언가 생각할 줄 모르는 사람은/사랑을 모르는 사람 이란다."에서 조병화 시인은 비를 좋아하는 사람은 과거가 있다고 했다. 사실일까? 옛 추억에 젖어들 즘이면 배고픔이 나를 일으켜 다시 창 앞에 세운다. 십만 개의 구름방울이 찬 공기를 만나 뭉쳐서 한 개의 물방울이 되는 비, 이슬비, 보슬비, 부슬비, 실비, 가랑비, 싸락비, 자드락비, 작달비, 잠비, 장대비, 무더기비, 주룩비, 채찍비, 모종비, 목비, 여우비, 웃비, 날비, 바람비, 발비, 흙비, 달구비, 떡 비, 는개, 소나기…….

　돌연히 친해지고 싶은 마음이 들어 비에 우산의 손잡이처럼 생
긴 물음표를 던진다. “너는 왜 지상으로만 떨어지나?” 우주의 한
점인 내 앞에서 창에 그림으로 망울 맺으며 언제나 변함없이 아래
로 흐를 뿐 대답이 없다. 답도 없는 질문을 위해서, 노을이 생략된
짧은 저녁으로 어둑한 그리움이 창을 타고 소리 없이 내리고 있다.

버드나무

컴퓨터 앞에 앉아 고민한 지 세 시간이 지났다. 들꽃카페에 가입하기 위해서 나무나 들꽃이름으로 된 닉네임을 짓고 있다. 평생을 두고 불릴 별칭이라 함부로 지을 순 없었다. 슬슬 화가 나서 이름을 두고 별칭이 필요한 이유를 생각해보았다. '들꽃카페'에서 나무나 들꽃을 사람과 매치시켜 부름으로써 들꽃을 널리 알리고 자연을 사랑하자는 의미로 와 닿았다.

나에게 가장 어울리는 닉네임은 무엇일까? 먼저 애칭을 짓기 위해 외모에서 드러나는 특징을 살펴보았다. 검은 눈썹과 키가 크고 비쩍 마른 체격에 흐느적거리며 걷는 모습에서 딱히 떠오르는 나무나 들꽃은 없었다. 다음엔 과묵한 성격과 느럭느럭한 말버릇을 놓고 보아도 이미지에 알맞는 것은 없었다. 그냥 가입을 포기할까 하고 마음먹지만 내가 좋아하는 나무와 들꽃들이 이름을 불러주길 고대하는 맵시가 떠올라 여의치 않았다.

생각에 생각을 거듭하다가 무릎을 탁 친다. 닉네임도 또 다른 하나의 이름이 아닌가? 이름자를 놓고 풀어보았다. 한자로 버들 양(楊), 백성 민(民), 두루 주(周)자라. 백성에게 두루두루 이로운 버드나무라고 풀이해 놓고 고개를 끄덕끄덕한다. 아버지가 이런 뜻을 알고 지었는지는 모르겠지만, 버드나무처럼 살라는 뜻으로 받아들인다.

어릴 적 내가 자란 시골 마을 앞에는 커다란 늪이 있었다. 늪의 한가운데를 향하여 몇십 미터의 좁은 길이 나 있고 길의 끝에는 섬처럼 조그만 평지가 있었다. 거기의 한쪽 편에는 오래된 버드나무가 세 그루 자라고 있었고 다른 한쪽 편에는 우물이 있었다. 버드나무가 있는 곳은 서낭당이고 우물은 벌에 있다고 하여 벌새미라고 불렀다.

마을 사람들은 정월 대보름에 버드나무를 신성시하여 제사를 올리고 비나리로 마을의 안녕을 기원하였으며 벌새미도 깨끗이 청소를 하였다. 벌새미는 마을의 아녀자들이 빨래하는 빨래터였다. 나는 어머니를 따라 빨래터에 가면 왼 새끼줄에 한지가 끼워진 금줄을 들치고 서낭당으로 들어가 놀았다. 버드나무 위로 올라가거나 등을 기대면 마음이 편하고 머리가 맑아졌다. 짐작건대 버드나무가 내어놓는 좋은 기운과 맑은 공기 덕분이리라.

또래 아이들과 놀 때에는 늪가에 흔하게 자라고 있는 버드나무의 굵은 가지를 잘라 지금의 펜싱 경기처럼 칼싸움하면서 전쟁놀이를 했다. 친구들은 놀이하다가 버드나무 칼에 찔려 온몸에 상처가 나기도 했지만, 상처는 버드나무에 상처가 아물 듯이 잘도 낳았다. 전쟁놀이가 지겨우면 파르스름한 새잎의 물오른 버들가지를 꺾어 호드기를 만들어 부는 놀이를 하였다. 호드기는 작을수록 고음이 나고 클수록 저음이 나는데 나는 울림이 있는 큰 것을 좋아하였다. 요즈음은 이런 놀이를 볼 수 없어 삭연하기 그지없다.

지난겨울 우연하게 김해 한림에 있는 화포천에 다녀왔다. 하천형 배후습지인 화포천은 철새들의 지상낙원으로 월동하는 노랑부리저어새, 큰고니, 큰기러기, 가창오리, 독수리, 참매, 말똥가리 등의 새와 마른 갈대 그리고 크고 작은 버드나무가 어우러져 있었다. 그중에서도 뿌리를 드러내고 와불(臥佛)처럼 드러누워 있는 커다란 버드나무가 눈에 띄었다. 아마도 홍수와 비바람에 못 이겨 쓰러진 것 같았다.

수행하듯이 드러누워 있는 버드나무는 우리들의 어머니처럼 생명력이 강했다. 수평인 줄기에 수직으로 세 개의 가지를 내어 하늘을 향해 크게 키우고 있었다. 세 개의 가지에서 나온 작은 가지들은 서로 어울려 어깨를 맞대고 명상에 든 우애 있는 형제 부처처럼 주변의 경치와 잘 어울려 경이로웠다. 이것을 보면서 시린 계절을 나는 나목의 버드나무들은 모두 다 부처님같이 온 세상에 자비를 베푼다는 생각이 들었다.

버드나무가 자비로 상징되는 그림도 있다. '양류관음도(楊柳觀音圖)'로 관세음보살이 양류관음으로 현신할 때 버들가지를 오른손에 들고 있거나 병에 꽂아두고 있다. 이는 버들가지가 실바람에 나부끼듯이 미천한 중생의 작은 소원도 귀 기울여 듣는 보살의 자비를 상징적으로 나타내었다고 한다. 아울러서 버들가지가 꽂혀 있는 관세음보살의 물병 속에 든 감로수는 고통받는 중생(衆生)에게 뿌려주기도 한다. 버들의 뿌리는 감로수를 깨끗이 정화하여 치유의 능력이 있다고 믿어서이다.

버드나무는 인자하다. 봄을 알리는 꽃들이 예쁜 색깔로 뽐낼 때 버들은 천수관음의 손처럼 가녀린 가지를 뻗어 우리의 아픈 마음을 위로한다. 우듬지는 새의 보금자리로 내어주고 짝 잃은 새가 노래하는 무대도 되어준다. 거기서 사랑을 부르는 새의 노랫소리는 시(詩)로 들리기도 한다. 버드나무는 왜 버드나무로 불리게 되었을까? 버드(bird, 새)가 깃들어 노래 부르는 나무라서 그랬을까? 나의 성(姓)은 왜 '버들 양(楊)'이 되었을까? 홀연히 버드나무가 내 마음 속으로 들어왔다. 버드나무처럼 살아가길 바라며 닉네임을 버드나무로 치고 컴퓨터의 전원을 끈다.

그리움, 자유로움,
그 너머 무한

황국명(문학평론가, 인제대 교수)

1. 아버지를 위한 헌사

양민주는 2006년 문예지 『시와 수필』에 「악부」, 「채란의 추억」, 「삼세번의 프러포즈」라는 작품을 발표함으로써 상화(想華)의 길을 걷게 된 수필가이다. 꾸준히 작품 활동을 이어온 그가 그동안 발표한 단편들을 모아 첫 작품집을 상재하게 되었다. 여느 창작품처럼 수필도 하나의 문예품으로 말끔하게 마름질된 것이지만, 허구적 형상화를 요구하는 다른 창작품과 달리 수필의 원바탕은 지은이가 체험한 삶의 조각과 이들에 대한 사유와 감정이다. 달리 말해 수필에서 독자는 지은이의 육성 혹은 그것에 가까운 목소리를 접할 수 있다. 양민주의 수필집에 담긴 고아한 정취와 더불어 그가 살아낸 생의 진면목을 만날 수 있으니, 가까이서 인연을 맺어온 필자로서도 각별한 느낌이 없을 수 없다. 이에, 이번 수필집에 수록된 작품을 읽고 감상을 보임으로써 양민주의 수필에 접근하는 몇 가지 통로를 제시하고자 한다.

누군들 혈족간의 사랑이나 깊은 유대감을 갖지 않겠는가마는, 양민주의 수필에 드러난 육친애는 매우 이채롭다. 그의 육친애가 특히 아버지를 향한 그리움을 표 나게 드러내기 때문이다. 이번 수필집의 제목으로도 삼고 있거니와, 「아버지의 구두」는 군 입대 직전에 아버지를 여읜 지은이가 아버지에게 바친 그리움의 헌사라 할 만하다. 문중을 지켜야 하는 종손이었기에 아버지는 전 생애를 고향 땅에 묻었던 것으로 보인다.

한국근대화는 농촌의 희생 위에서 가능했고, 이런 근대화가 농촌경제의 붕괴와 함께 이농현상을 심화시켰음은 잘 알려진 바와 같다. 서자(庶子), 즉 적장자(嫡長子)가 아니라는 뜻의 중자(衆子)들이 고향을 떠나 낯선 도시에서 뿌리를 내리며 살아가는 동안, 종가를 지켜야 하는 아버지는 물려받은 약간의 전답에 농사를 짓는 것 외에 이렇다 할 직업도 없이 집안 대소사나 이웃들의 일로 여생을 보낸 듯하다. 더군다나 염량이 재빠른 분도 아니고 50대 후반에 세상을 떠났다면, 많은 가솔들이 아버지 없이 견뎠을 삶도 만만한 것은 아니었을 것이다.

변화하는 세상에 기민하게 적응하지 못하고, 가족을 가난으로부터 구출하지도 못한 아버지였다면, 남은 식구들이 아버지를 크게 원망하였음 직하다. 그러나 양민주의 수필에서 아버지는 원망의 대상이 아니라 언제나 그리움의 대상으로 기억된다. 심지어 「구멍 난 자루」의 경우, 논을 판 돈으로 구한 귀한 쌀을 거의 길바닥에 흘려버렸지만, 지은이는 그 쌀을 참새가 배불리 먹었으니 '큰 나눔'이라고 말한다. 아버지를 향한 작가의 애착이 얼마나 강렬한가를 알겠다.

유전적으로 아버지의 모습을 빼닮았다는 사실뿐 아니라, "아버지를 닮아" 꽃과 나무를 사랑한다는 데 지은이는 큰 자부심을 갖는 듯하다. 어쩌면 식물에 비유할 수 있을 법한 아버지의 삶은 흔히 종손이라고 할 때 떠오르는 가부장의 엄격함이나 종갓집의 억압적인 규율과 거리가 있다. 아버지에 대한 추억이 대체로 성장기 체험에 근거한 것이지만, 양민주의 기억 속에서 아버지는 분별하는 이성이나 공격적인 의지의 화신, 따라서 어린 아들을 무섭게 만드는 존재가 아니다.

무서운 아버지가 아니라 그리워서 눈물이 나는 아버지인 까닭에, 지은이는 "아버지의 허리춤을 잡고 등에 얼굴을 대면 옷에서 나는 풀 먹인 냄새와 따뜻한 온기"가 전해졌던 성장기 추억(「자전

거에 관한 단상」)을 오래 간직하며, 야윈 몸으로 가족을 위해 일하
시던 아버지의 모습은 "내가 지금까지 살아가는 힘"이 된다(「구멍
난 자루」)고 말한다. 이런 의미에서, 양민주에게 아버지는 삶의 모
델이요 영웅이다. 그 영웅 아버지는 때리고 욕하거나 지시하고 지
배하는 존재가 아니라 융합하고 협력하며 관계를 맺고자 하는 감
성적 존재로 여겨진다.

아버지에 대한 강렬한 그리움은 악부, 곧 장인과의 높은 친화성
으로 이어진다. 등단작의 하나인 「악부」에서 단장지애의 고통을
겪었던 장인을 추모하며, 지은이는 이렇게도 말해둔다.

나는 입대를 보름 앞두고 선친을 여의었다. 십 년을 훌쩍 넘겨
결혼식 직후에는 그립다 못 해 남이 보지 않는 구석에서 눈물까
지 흘렸다. 삼십 년 가까이 지난 지금도 기쁘거나 힘들거나 외로
울 때는 그리운 생각이 여전하다. 아버지에 대한 그리움으로 인
하여 나는 아버지와 다름없는 장인에게 가까이 다가가고자 했
다. 한 발짝씩 다가갈 때마다 장인은 염화미소(拈花微笑)로 화답
을 하곤 하였는데, 그 순간만은 엄마 품속의 어린아이가 부럽지
않았다.(「악부」)

장인은 참척을 본 아픔을 지닌 채 살다가 자식이 "죽은 한날한

시에 조용히 눈을 감았다” 하고, 지은이는 이를 헤아릴 길 없이 넓고 큰 사랑이라 생각한다. 아버지와 다를 바 없는 악부로부터 “엄마 품속”을 느꼈다면, 지은이에게 아버지는 모성적인 감성, 혹은 칼 융이 남성 속의 무의식적인 여성적 경향을 가리킨 아니마가 우세한 인물이라 할 수 있겠다. 「아프리카의 태양」에서 아버지는 가족의 중심이요 가장 존경받는 인물이라고 할 때도 그 부성(父性)은 희생으로 점철된 이태석 신부의 생애처럼 타인의 고통에 민감한 모성적 경향과 관련된다.

물론 양민주의 작품에 헌신적인 어머니에 대한 고마움과 곁에서 모시지 못해 불효한다는 감정도 현저하다. 맑은 정신을 잃어버린 어머니의 치매를 “오래된 기억만 살아남는 아름다운 병”이라고 하거니와, 자식을 위해 헌신한 어머니의 “가뭄 든 가슴”에 죄스러움을 가진다(「가뭄」). 또 누이들로부터 받은 큰 사랑과 관심에 감사하듯이, 지은이는 육친이 그에게 보여준 모성적 배려로부터 정서적 편안함이나 심리적 안정을 얻는 것처럼 보인다. 그에게 이성적 의지적 남성이라는 가부장적 패러다임은 낯선 체계인 셈이다. 아버지 혹은 육친의 모성적 사랑과 관심이 있었기 때문에, 지은이는 벌거벗은 욕망이 판치는 현대도시의 한복판에서도 심리적 추방감을 극복할 수 있었을 것이다.

2. 자연을 닮은 삶

번잡하고 비정한 현대도시에서 어머니에 대한 '망운지정(望雲
之情)'으로 살고 있듯이, 양민주는 본래 창녕 유어면 사람이다. 인
근에 우포늪을 두고 낙동강을 옆구리에 낀 농촌에서 태어나 성장
기의 대부분을 그곳에서 보낸 것으로 보인다. 그 스스로 고향을 떠
나 "이식된 삶"(「은행나무」), "철새같이 떠도는 인생"(「낙동강」)을
산다고 하거니와, 그에게 고향을 떠나는 일은 신분을 세탁하는 절
호의 기회도 아니고 고향사람들에게 인간으로서 못할 짓을 한 탓
에 도망하는 것도 아니었다. 아마 아버지가 더 이상 계시지 않는 고
향을 성년에 접어든 그는 마지못해 떠날 수밖에 없었을 것이다. 그
래서 그는 지금 살고 있는 도시가 있고 싶은 장소나 있어야 할 곳이
아니라는 의식에 사로잡혀 있는 것 같다. 지은이에게 '고향'이 '너
그러움'(「고향 친구」)과 통하는 이유도 여기에 있을 터이다.

집처럼 편하게 지내라는 말이 있듯이, 추상적이고 무차별적인
공간과 달리 고향은 친숙하고 일정한 가치가 부여된 장소이다. 이
처럼 지리적 실체에 사적인 가치가 부여되기 때문에, 고향은 주관
적인 장소경험의 중심이 된다. 그래서 양민주는 고향의 사라져가
는 것들에 대한 그리움을 '수구초심(首丘初心)'이라는 말로 표현

한다. 특히 자신의 삶에 영향을 준 '낙동강'이 본모습을 잃어갈 때, 그는 마음의 본향을 잃었다는 큰 상실감을 드러내기도 한다. 지은이에게 낙동강은 경외심을 품어도 좋은 위대한 존재이다. 유년의 추억을 네 계절로 담아낸 「낙동강」에서 지은이는 그 위대성을 자연의 이법과 연관 지어 이해한다.

유유히 흐르는 강물은 바라만 보아도 사고(思考)를 섭리에 따르게 한다. 세상살이의 고단함도 깨끗한 강물에 씻어 보낼 수 있는 그런 것을 원한다면 우리는 낙동강을 외경(畏敬)할 일이다. 바다를 향한 그리움을 품고 험한 길로 굽이돌고 바위에 부딪히고 모래에 깎이고 소용돌이에 정신을 잃기도 하지만 고독의 힘으로 바다에 도달하는 위대함이 있는 강물 닮은 삶을 그려본다.(「낙동강」)

작은 샘에서 발원하여 장강을 이루고 마침내 바다에 이르는 강은 지은이에게 삶의 모델로 각인된다. 그러니까 그에게 인생은 대하(大河)와 같은 것이다. 깎이고 부딪히고 굽이돌며 흐르던 강이 마침내 바다에 이르듯이, 삶의 고단한 노역도 홀로 견디어 가야 할 생의 과정이라는 뜻이다.

낙동강을 통해 깨닫는 위대한 자연의 섭리와 이를 "닮은 삶"이란 생의 노역을 묵묵히 견딘 아버지의 삶을 닮은 것이 아닐 것인가.
때로는 지은이가 자신의 성격을 두고 '소심'(「채란의 추억」)하다
고 적지만, 그는 화려한 외양보다 내면의 수양과 덕을 높이 평가
(「쥐」)한다. "비는 왜 발밑으로만 흘러 땅속으로 스며들어 몸을 낮
출까?"(「비에 물어보면」)라고 물었을 때, 지은이는 자기를 낮춘 삶,
거짓과 이기적인 물욕을 넘어선 삶을 모색한다고 할 수 있다. 바다
가 원근도, 윤곽도, 경계도 없는 매끈한 공간인 것처럼, 양민주는
평상심을 잃지 않고도 자유의 경지에 도달할 수 있기를 꿈꾼다고
하겠다. 이기적 소유욕에 대한 자기성찰을 담은 「무늬쥐똥나무」에
서 그런 소망이 선명하게 드러난다.

무언가 특별한 것을 좋아하는 사람들은 그렇게 함으로써 고상
해 보이고, 사회적 지위나 자존심이 고양되는 것으로 생각하는
때도 있는데 이것은 크나큰 잘못일 수 있다. 한쪽으로 치우치지
않는 평상심인 보통의 도(道)를 중용(中庸)이라고 한다면, 인간
의 본성은 천부적(天賦的)이기에 그 본성을 따라야 한다. 본성에
따라 행동하는 것이 인간의 도이며, 배움으로써 도가 닦인다. 돌
이켜 보면 나는 배움이 모자라 중용의 도를 저버린 본성에 어긋
나는 행동과 욕심으로 지금까지 무모하게 삶을 살아온 것이다.
공자(孔子)가 그토록 꿈꾼 "종심소욕불유구(從心所慾不踰矩)"

　　　　　　　　　　　　　　　　　　　　　　　　　해 설

즉 하고 싶은 대로, 마음먹은 대로 해도 울타리를 넘지 않는 자유의 경지에 과연 도달할 수가 있을지.(「무늬쥐똥나무」)

채란의 재미에 빠진 사람이라면 지은이처럼 특별한 것, 즉 '변이종'을 찾고 싶다는 강한 욕망을 지녔음 직하다. 그러던 어느 날 지은이는 공원에 심어진 무늬쥐똥나무의 변이종을 발견하고, 횡재를 한 기분으로 나무를 채취하려다 생면부지의 노인네로부터 제지를 받으며, 이를 계기로 자신의 욕망을 크게 반성하게 된다.

자연선택이론에 따르면, 변종은 진화를 위한 원재료이다. 변이의 일부가 유전되고 그것이 생존과 번식에 유리할 경우 자연에 의해 선택되어 새로운 종으로 탄생한다. 이것이 자연선택에 의한 진화의 최종결과이다. 현재의 인간 종 역시 이런 진화의 결과일 것이다. 그런데 난이든 쥐똥나무든 변종을 채취하는 일은 자연선택이 아니라 인위적 선택이며, 이는 자연의 질서를 정면으로 위반하는 일이다. 그러므로 변이종에 대한 이기적 소유욕을 반성하는 데 지은이의 생태적 사유가 동반된다고 할 것이다.

자연 질서의 측면이 아니더라도, 특별한 것을 욕망하는 행위는 사회적 일탈에 이르기 쉽다. 때때로 우리는 못 배우고 가난한 사람들의 위반과 비행을 비난하지만, 실로 일탈은 배운 자, 힘 있는 자, 높은 자들의 특권이다. 그들은 사회적 규범을 위반하고 공동체의

암묵적 합의를 파기함으로써 그들이 가진 지식과 권력과 지위와 재화를 과시한다.

인간의 천부적인 본성이 무엇인가는 관점에 따라 달리 말할 수 있지만, 양민주는 중용의 법도를 넘지 않는 평상심을 인간의 생래적 본성으로 여기는 듯하다. 이런 타고난 본성으로 환경과 상호작용하는 것이 '자유의 경지'라면, 그 경지는 자연 친화적 공동체적 사유와 먼 거리에 있지 않을 것이다.

3. 갑남을녀의 우주적 본성

앞서 꽃과 나무를 사랑한 아버지처럼, 아버지를 닮은 지은이가 이 세상을 살아가는 방식도 식물의 그것에 가깝다고 암시하였다. 대부분의 식물은 자신의 주변과 조화를 추구하되 환경이 자신에게 맞지 않을 경우 동물처럼 다른 장소로 이동할 수 없다. 이럴 경우, 식물은 그 자리에서 고사하거나 전투적인 행동으로 주변의 다른 식물을 고사시키며 자신을 지켜낼 수밖에 없다.

이런 의미에서, 식물적 삶은 자신의 경험이나 가치, 자신의 신념과 감정에 집중하는 내향적 삶과 통한다고 하겠다. 자기 밖의 척도를 맹종하는 것이 아니라 자신의 내적 기준을 따른다는 점에서, 내

향적 삶은 주체적이고 독자적인 삶이라 할 수 있다. 예를 들어, 「빛 좋은 개살구」에서 지적하듯 자신을 남과 비교하기보다 자기만의 가치를 기반으로 살아가는 삶이 그러하다.

살아가다 보면 남들과 비교되며 자기가 모자란다고 느낄 때 사람들은 초라해진다. 이럴 때일수록 자기의 정체성을 찾는 게 중요하다. "나는 누구인가?" 물음을 긍정적인 생각으로 던질 때 자기의 가치가 보인다. 세상에서 필요하지 않은 것은 없다. 매화는 매화나무대로 살구는 살구나무대로, 만물과 어울려 자란다.(「빛 좋은 개살구」)

자신의 가치를 확신하고 주체적으로 살아가는 삶도 공동체에 기여하는 큰 미덕이 될 수 있다. 지은이가 따르고자 하는 중용과 종심의 삶이 공동체의 윤리적 지주로 작용할 수 있기 때문이다. 다른 한편, 자신의 내적 가치와 감정에 집중하는 삶은 자신에 대해 매우 엄격할 뿐 아니라 타인의 경험과 관점을 불신할 가능성도 지닌다. 왜냐하면 내적 기준이 일종의 슬로건으로 기능하며 자신의 생각과 행동을 규제하고, 타인의 경험과 가치는 자기 기준의 통일성이나 일관성을 훼손한다고 여길 수 있기 때문이다. 조금 엉뚱한 비유를 동원하자면, 불혹(不惑)이 사리사욕에 미혹됨이 없는 원숙함을 의미하지만, 동시에 누구의 말도 듣지 않는 고집불통을 암시할 수 있는 이치와 같다.

바로 이런 맥락에서, 양민주는 "세상에서 필요하지 않은 것은 없다"고 지적한다. 세상의 만물이 나름으로 존재가치를 갖는다면, 제 논에 물대기식의 자기중심적 사고는 성찰의 대상이라 할 것이다. 그래서 지은이는 세상이 나를 중심으로 돌아간다는 생각이 긍정적인 착각을 낳기도 하지만(「착각」), 타인의 입장에서 생각해볼 필요도 있다고 말한다. 가벼운 교통사고의 경험을 다룬 「역지사지」가 이런 생각을 가장 압축적으로 드러낸다. 앞서 가던 오토바이가 급정거하면서 뒤따르던 지은이의 차를 트럭이 추돌하는 사건이 일어난다. 모든 책임이 무면허의 오토바이 운전자에게 있었지만, 트럭운전자는 오토바이 운전자가 교통법규를 잘 모르는 외국인 노동자임을 알고 자신이 모든 책임을 떠맡고자 한 것이다.

양은 사고 후유증으로 목과 어깨가 결리고 피로가 몰려왔지만, 그 짧은 대화로 인해 몸이 한결 가벼워지는 한편 가슴 뭉클함도 느꼈다. 이 교통사고 사건은 양에게 상대편의 처지나 입장에서 먼저 생각해보고 이해하라는 진정한 역지사지(易地思之)의 뜻을 일깨워주었으며, 아전인수(我田引水)격의 경솔한 행동을 하지 않는 참사람의 모습도 보여주었다.(「역지사지」)

‘역지사지’는 타인의 관점에서 세계를 보는 것이며 이로써 감정이입적 상호작용을 가능케 한다. 감정이입(empathy)은 타인의 경험을 상상적으로 모방하고 타인의 감정을 자기 것으로 동일시하는 능력이다. 다윈이 도덕의식의 진화를 감정이입적 인간연대에 두고 있는 것처럼, 감정이입은 사회적 상호작용에 강력한 영향을 미치고 윤리적으로 바람직한 것이다.

트럭운전자에게서 "참사람의 모습"을 읽은 근거가 여기에 있으며, 짐승을 잡더라도 인정사정없이 막다른 곳으로 몰지 않는다는 "망개일면(望開一面)"을 인생의 교훈으로 마음에 새긴 것(「쥐」)도 자아를 중심으로 한 배타적 사유를 넘어 타자의 고통을 향해 인식의 지평을 넓히는 태도라 하겠다. 결국 역지사지나 감정이입은 타인과 유연한 관계를 맺는 마음의 능력이라 하겠고, 타인이 나와 다르게 생각하는 데는 그럴 만한 이유가 있음을 깨닫는 능력이라 할 것이다. 타인이 나와 다른 신념과 욕망을 가질 수 있음을 이해함으로써 우리는 자기 자신을 이해하게 된다. 그래서 역지사지는 타자 이해뿐 아니라 자기 인식의 토대가 된다.

이런 맥락에서, 양민주는 대인관계에서도 "빈틈없이 방비 처세"를 하기보다 어딘가 어리석은 듯한 구석을 갖고 "적당한 바보 노릇을 할 줄 아는 것이 조화와 명랑의 근본"(「적당한 바보」)이라

고 지적한다. 말하자면 차고 넘치는 사람보다 모자라는 삶이 여유
롭고 지혜로운 삶이라는 것이다.

　이처럼 조화로운 '관계'를 중시함은 「사각관계」의 흥미로운 에
피소드에서도 확인된다. 화장품 가게에서 아내는 특별히 색상이
예쁜 제품을 입술 화장품으로 알고 발랐는데, 종업원 아가씨가 눈
화장품이라며 짜증을 내었고, 이를 지켜본 딸은 창피하고 종업원
이 얄미웠다는 것이다. 그런데 옆에 있던 한 아주머니가 "요즘처럼
빠르게 변화하는 세상에 그럴 수도 있지 왜 그러냐"며 아내를 두둔
했다는 것이다. 이런 사연을 두고 양민주는 이렇게 말해둔다.

　　아내, 딸아이, 아가씨와 아주머니의 관계는 세상의 평범한 구
　성원으로서 각자 맡은 바 일을 충실히 수행하는 우주의 마음을
　가진 사람들이다. 여기에서 내가 드라마의 작가가 되어 결말을
　지어보면 이러한 관계를 사각관계라고 말하고 싶다.(「사각관
　계」)

　그러니까 아내의 행동은 살림하느라 세상 물정을 몰랐던 탓이
고, 상품을 팔아야 살아갈 수 있으니 종업원 아가씨의 짜증도 이해
할 수 있으며, 이런 엄마와 종업원을 보고 창피하고 얄미웠다는 딸
의 태도도 감수성이 예민한 십 대의 그것으로 납득할 수 있고, 아내

의 역성을 든 아주머니 역시 같은 또래의 주부였다는 점에서 그 행동이 이해될 수 있다는 것이다.

그래서 대부분의 삼각관계가 심각한 불화와 갈등을 모면할 수 없는 관계라면, "훈수를 두는 사람이 있는" 사각관계는 "인간적으로 서로가 관심을 보이는 관계"라는 것이다. 이런 사각관계 속에서 각자는 자신에게 주어진 역할을 충실히 수행하는 것이니, 이들 갑남을녀야말로 '우주의 마음'을 가진 자, 공동체 속에서 살아가려는 본성을 실현하는 자이며, 이른바 잘나가는 몇 퍼센트의 정치인들보다 위대하다는 것이다.

4. 덧없음을 넘어 무한으로

스스로 지천명을 넘은 나이임을 의식하고 있거니와, 세상의 조화에 대한 양민주의 자각도 연륜과 무관하지 않는 듯하다. 노탐(老貪)이라는 말이 있어 나이테의 굵기를 마음능력과 동일시하는 데 의아심을 품을 수도 있겠지만, 양민주에게 연륜은 곧 지혜와 통한다. "나이를 먹은 만큼 지혜"(「내 나이는」)가 생기며, 이 지혜는 복잡다단한 세상사를 넉넉하게 이해할 뿐 아니라 무분별한 생활로 인한 생의 오탁(汚濁)을 반성적으로 돌아보게 만든다는 것이다. 그래서 "세월이 인간을 만든다"(「오래된 신문을 보면서」)는 옛말이 그릇되지 않다고 그는 믿는다.

그렇다면 마음 가는 대로 행하여도 법도에 어긋남이 없는 자유의 경지(「무늬쥐똥나무」)는 지은이로서 아직 도달할 수 없는 경지라 하겠지만, 천지 만물을 귀하게 여기는 지은이의 마음이 하늘의 뜻을 거스를 이치는 없지 싶다. 이번 수필집의 도처에서 소멸하는 모든 것들에 대한 애틋한 마음이 드러나는 것처럼, 양민주는 심지어 무생물에 대해서도 그 마음을 잃지 않는다. 예를 들어, 「폐차장 가는 길」에서 지은이는 중고차를 사서 10년을 넘게 운행하며 생사고락을 함께했다 하고, 낡은 자동차와 대화를 주고받기도 한다. 오랜 세월을 더불어 살면 사람과 사물 사이에도 '정'이 들 뿐 아니라 "세월의 의미"도 일깨워준다. 그 의미는 사람이든 사물이든 "태어나서 늙고 병들고 죽는 것"이 일생이라는 것이다.

태어나서 살다가 죽는다는 단순성만 주목하면 삶이란 참으로 허전하고 덧없는 것이 아닐 수 없다. 그러나 양민주는 삶의 단순성을 더 큰 질서 속에 편입시킴으로써 삶의 허무를 뛰어넘는다. 예를 들어, 「자전거에 관한 단상」에서 이제 막 자전거 타는 법을 배우는 어린 자식을 두고 지은이는 "내가 지금 내 아이들에게 하는 행동이 옛날 아버지께서 나에게 한 것과 똑같다"고 생각하며, 중심을 잡고 앞으로 나아가는 앞바퀴와 이를 뒤따르는 뒷바퀴의 자국은 "대(代)

를 이어나가는 삶의 자국과 닮아 있"다고 적는다. 지금 그가 아버지의 행동을 되풀이하듯, 그의 자식도 아버지의 삶을 이어갈 것이다. 그렇다면, 대를 이은 삶의 연속이란 개체가 전체 속에 통합된다는 뜻과 다르지 않다. 나서 살다가 죽음을 맞이하는 개인의 생애가 부질없고 단순해 보이지만, 계보상의 세대연속을 수용하면 개인의 삶은 더 큰 시간 질서의 일부가 된다.

이러할 때, 지천명을 넘긴 지은이가 자신을 보잘것없는 존재로 여기거나 인생을 덧없다고 느낄 이유는 없을 것이며, 심지어 죽음조차 두렵기만 한 사태가 아닐 것이다. 왜냐하면 자식은 개별자로서 분명 내가 아니지만, 나로부터 유래하여 세대를 이어가는 자식은 바로 나의 미래인 까닭이다.

개인을 능가하는 더 큰 질서를 사유할 때, 양민주는 마침내 무한과 관계하게 된다. 오랜 세월 거친 파도에 씻겨온 "파란만장한 돌멩이의 생"(「동행」)을 보고 깊은 감명을 받듯이, 양민주는 우리의 생을 지켜보는 거대한 시간을 감득한다. 예를 들어, 「은행나무」에서 수령이 천 년을 넘는 은행나무를 대하는 그의 태도가 이를 잘 보여준다.

어느 해인가 충청북도 영동 영국사에서 천 년을 넘게 산 은행나무를 보고 성스러워 숨을 멈춘 채 한참을 제자리에 서서 올려다본 적이 있다. 오랜 세월 동안 비, 바람, 구름, 태양, 새, 작은 벌레 등과 절에서 흘러나오는 불경 소리와 종소리, 그리고 오가는 사람들의 기도 소리를 들으며 소원을 들어주었을 것을 생각하니 가슴 벅차게 경외(敬畏)로웠다. 한자리에서 짧게는 몇백 년 길게는 몇천 년을 살면서 우리가 사는 모습을 묵묵히 지켜보며 바른 길을 가르쳐줄 것 같아 나의 정신적 지주로 닮고 싶은 나무이기도 했다.(「은행나무」)

천 년을 넘게 살아온 은행나무의 통시성, 그 나무가 견뎌온 "오랜 세월"을 유한한 인간존재가 경험할 수는 없다. 이런 의미에서, 천 년 고목 은행나무는 우리의 외부에 있는 무한을 가리킨다. 은행나무는 인간의 삶을 "묵묵히 지켜" 본 유일한 관객일 수밖에 없고, 이 '성스러운' 무한자에 대해 우리는 몸을 낮추어 '경외' 하는 것 외에 다른 도리가 있을 수 없다. 과연, 지은이가 은행나무를 "올려다"보고 있으니, 이는 무한에 대해 유한한 인간이 맺는 비대칭적 관계를 의미하지 않겠는가. 천 년 고목이 삶의 "정신적 지주"가 되는 것도 자아를 한없이 낮추고 무한을 섬기는 자세와 무관하지 않을 것이다.

도시로 이식된 은행나무를 "가만히 안고 줄기에 뺨을 대보"는 행위는 자연과 감각적으로 조우하는 것일 뿐 아니라, 비(非)자기적인 것을 수용함으로써 배타적인 자아를 해체하는 행위라고 할 수 있다. "아름다운 풍경에 몰입"하는 것이 "내가 좋아하는 행동"(「몰입의 풍경」)이라 한 것처럼, 지은이는 나의 신념이나 가치에 지배되지 않는 것들을 지향함으로써 무한에 포섭되는 듯하다. 나의 의식으로 장악할 수 없는 절대 무한에 대해 수동적 비대칭적 관계를 형성하는 것, 이것이야말로 양민주의 수필이 도달한 수준 높은 경지라 할 것이다.

5. 남는 말

양민주의 수필을 읽다 보면 자기만의 은근한 향기를 품은 난(蘭)이 떠오른다. 화려함으로 뭇사람의 시선을 한 몸에 받기보다 솔나무 반그늘 아래에서 난향을 품은 채 지음(知音)을 기다리는 사람이 바로 그이가 아니겠는가 싶다. 침잠하는 그의 성정이 육친에 대한 강렬한 그리움, 평상심을 잃지 않고 자연의 이법을 따르는 삶, 타인의 입장에서 세계를 바라보는 유연한 태도, 더 큰 시간질서에 대한 비대칭적 관계 등의 수필 세계를 이루었을 것이다.

양민주의 수필에서 생에 대한 깊은 통찰뿐 아니라 빼어난 문장도 주목을 요한다. "매화 못지않은 꽃송이가 처녀의 생리처럼 하나

씩 터지며 육감으로 벌어지는 흐벅진 꽃술"(「빛 좋은 개살구」)이
나, "오래된 기억만 살아남는 아름다운 병", "다시는 돌아갈 수 없
는 봉인된 시절"(「가뭄」)과 같은 빼어난 시적 비유가 그러하고, "바
다에서 불어오는 바람을 안으면 요조숙녀라도 무 속바람 들 듯이
바람이 들겠다.", "들렀다 가는 길엔 걸림이 없어야 하나 찰나의 추
억에 눈길이 자꾸만 걸린다."(「거제도 기행」)와 같은 문장은 아래
의 인용과 함께 뛰어난 문장가의 면모를 보여준다.

> 장모님은 푸른 수박 잎 밑으로 탱탱한 열매가 부풀어 오르는
> 모습에 웃음을 웃고 그 웃음소리가 너무 커 장모님께서 치성을
> 올리는 집 근처 연화산 옥천사 대웅전 아미타 삼존옥불이 미소를
> 띠기도 했다.(「수박 한 통」)

이런 맥락에서, 양민주의 수필은 시적 감수성이 풍부한 작품이
라 할 수 있고, 이런 감수성을 근거로 그의 작품에 관주를 찍을 수
도 있겠다.

다른 한편, 양민주의 작품은 과거의 경험을 환기하고, 이 경험에
대한 현재 자아의 반성이라는 패턴을 드러낸다. 작품을 구성하는
반복적인 틀에서 현재의 자아가 기억 및 해석과 평가의 중심을 차
지하기 때문에, 양민주의 수필은 과거의 경험이 지닌 풍부한 가능

성을 제한할 가능성을 지닌다. 달리 말하면, 현재의 반성적이고 엄정한 자아가 자신뿐 아니라 타인의 경험이나 사물 자체가 지닌 다채로운 특성을 억누를 수 있다는 뜻이다.

채란과 탐석의 경험이 풍부하고 자연의 품속에서 자란 성장기의 체험이 있음에도 불구하고, 사물의 명칭을 나열할 뿐이거나 사자성어로 된 관념이 우세한 작품을 보게 되는 것도 이런 사정에 기인하지 싶다. 몸을 기반으로 한 감각적 체험을 구체적으로 드러내고, 풍부한 일화와 함께 나고 자란 태생지의 속살과 체화된 언어를 활용해도 좋을 듯하다.